COLLE

Hugo Pratt

Cour des mystères

Traduit de l'italien
par Fanchita Gonzalez Batlle

Denoël

Titre original :

CORTO MALTESE,

CORTE SCONTA DETTA ARCANA

CHAPITRE 1

Hong Kong 1919

Une pluie si serrée et si fine qu'elle semblait faire partie de l'air lourd et détrempé coulait d'un ciel gris et compact, couvercle immense sur le chaudron fumant de Hong Kong.

Le chemin qui descendait des ruelles de la vieille ville vers le port entraînait un fleuve humain de toutes les couleurs, et l'odeur de poisson frit se mêlait à celle des soupes bouillantes qui fumaient. Même le parfum frais du sel avait du mal à s'insinuer dans cette atmosphère saturée et dense qui flottait telle une brume en suspension.

« C'est un peu comme se promener au fond d'un grand aquarium abandonné, entouré de verre sale et opaque », songeait Corto Maltese. Tout le monde n'avait probablement qu'un seul désir : sortir de la foule, arracher ses pieds à la rue visqueuse et ses narines à la puanteur nauséabonde de déchets de marché et d'humanité vociférante.

Il se frayait un chemin dans ce kaléidoscope de

visages venus de tous les coins de l'Asie, de toutes les provinces de Chine et de toutes les armées du monde. À hauteur de sa casquette blanche de la marine marchande, ou plutôt un peu plus bas, il voyait la variété de couvre-chefs la plus extravagante que pouvait arborer la multitude de têtes : colbacks de feutre, turbans colorés, bonnets de fourrure, de laine ou de drap, grands chapeaux de paille tressée, et enfin les chapeaux clairs de style européen, à large bord et ruban sombre.

Il jeta sa cigarette qui tomba en grésillant dans une flaque de boue et il chercha des yeux un établissement où il pourrait boire un verre. Il se dirigea d'un pas décidé vers une porte laquée noire à motifs dorés. Une petite plaque de cuivre engageante annonçait : « Le jardin des plaisirs du grand monde ».

Sur le seuil, un gros Chinois menaçant lui barra la route et le toisa lentement de la tête aux pieds. Corto subit l'examen sans un mot et ses yeux restèrent impassibles, même lorsqu'ils croisèrent le regard froid du Chinois : cet instant suspendu resta vide et immobile, ridicule dans tout le vacarme, la bousculade et l'activité frénétique qui se déployait dans leur dos. Puis, sans qu'un muscle de son visage ne bouge, le Chinois frappa paresseusement un coup à la porte, suivi de deux autres plus légers, et l'on entendit aussitôt un déclic de serrure à l'intérieur. Corto pénétra dans une atmosphère chaude, ouatée, familière.

Il trouva un léger halo de fumée douceâtre et un bourdonnement étouffé de rires mêlés à des exclamations d'étonnement. L'endroit était vaste mais divisé par des paravents en petites pièces où se déroulaient les spectacles les plus étranges et les plus inattendus. Corto jeta un coup d'œil rapide : un charmeur de serpents indien et un prestidigitateur qui pouvait être russe, une troupe de danseuses chinoises qui évoluaient sur la seule musique de longs rubans de soie attachés à leur poignet, des saltimbanques mongols se livrant à des acrobaties tellement invraisemblables qu'on eût dit qu'ils volaient.

À droite de la pièce principale se trouvaient des salles de jeux enfumées avec des tables de billard, de cartes et de dominos ; tandis qu'à gauche une grande verrière donnait sur un jardin botanique où se pressaient de magnifiques fleurs aux couleurs éclatantes ; plusieurs cages de bambou y abritaient des singes inquiets, des perroquets criards et d'autres oiseaux exotiques.

Le Maltais se dirigea vers le comptoir du bar, s'assit sur un tabouret rougeâtre et commanda un verre de rhum. Il se dit que le rhum de Hong Kong n'était pas mauvais non plus. Il le savoura tranquillement en contemplant les effets ambrés du liquide qui ondoyait derrière les facettes et pensa avec une pointe de nostalgie à ses dernières années dans les Caraïbes et les mers du Sud.

Il y avait trois ans qu'il était parti d'Escondida,

l'île du Moine. Il avait connu dans le Pacifique les drames et les actes d'héroïsme des hommes qui s'étaient trouvés mêlés malgré eux à une véritable guerre, reflet lointain du carnage européen. La situation était désormais très différente mais finalement semblable : quand éclate un ouragan, les côtes les plus proches sont atteintes et dévastées, mais les longues vagues arrivent tôt ou tard à se briser sur les rives plus lointaines avant d'épuiser leur force. Les vents de guerre qui se calmaient dans les montagnes et les plaines d'Europe soufflaient désormais avec violence dans toute la Russie, en Mongolie, au Tibet et en Chine.

D'un léger mouvement du poignet Corto fit tournoyer une dernière fois son rhum dans le verre, puis il abandonna et son tabouret et ses pensées.

Il se promena un moment dans la salle principale et s'attarda à regarder les danseuses, fasciné : elles scintillaient dans leurs vêtements de soie rutilants et se mouvaient avec la grâce des longues herbes lacustres agitées par une douce brise. Non loin de là, un lanceur de couteaux éteignait à près de vingt mètres la flamme de dix bougies sans manquer un seul coup.

Peu après, lassé des spectacles répétitifs, Corto prit un escalier pour monter à la galerie de l'étage supérieur où donnaient de petites portes laquées de rouge ; sur celles-ci se détachaient, telles des broderies, des caractères chinois dorés, signes mystérieux qui conduisaient à l'intérieur de chaque chambre. Il songea à Venise, à la cour secrète où se réfugient les Vénitiens poursuivis par les autorités constituées, et à la porte magique, au bout, à travers laquelle on entre pour toujours dans des lieux enchanteurs et d'autres histoires...

Il frappa trois fois à l'une des portes et entra sans attendre de réponse.

La pièce était minuscule, tout imprégnée du parfum douceâtre de l'encens et de la cire des nombreuses bougies tremblantes qui l'éclairaient. De petits tapis colorés couvraient le sol et amortissaient les bruits qui parvenaient assourdis de l'univers lointain à l'étage inférieur. Les murs étaient revêtus de panneaux légers en merisier rouge et en papier de riz. Au centre de ce lieu exigu se trouvait une table basse et massive où un vieux Chinois à la figure ridée était assis jambes croisées. Il tirait lentement sur une longue pipe d'ivoire et n'eût été ce mouvement infime on aurait pu le prendre pour une statue. Il avait une barbe rare et fine qui lui descendait du menton et quelques autres longs poils gris qui pendaient des plis tombants de sa bouche. Ses yeux étaient d'étroites fentes plus sombres dans un enchevêtrement de rides, mais ils brillaient, vifs et attentifs.

Corto s'arrêta devant lui et le Chinois leva imperceptiblement la tête pour l'observer derrière ses petites lunettes rondes posées sur le bout de son nez. Il souffla un très léger voile de fumée qui stagna longuement avant de se dissiper, puis il fit un seul geste : il montra lentement la paume de la main gauche, les doigts vers le bas, pour inviter Corto à s'asseoir devant lui.

Le Maltais s'installa d'un mouvement souple et se mit à observer les objets qui se trouvaient sur la petite table : trois pièces de monnaie anciennes gravées de symboles mystérieux et trouées d'un carré au centre, un pinceau très délicat, une petite bouteille d'encre, des feuilles de papier d'une grande légèreté et un plat plein à ras bord d'une poudre impalpable.

« Heureux de te revoir, Corto Maltese. Fume avec moi l'air qui préparera ton esprit à écouter et ta bouche à demander tout ce que tu voudras savoir du *Livre des Mutations*, dit le vieillard d'une voix profonde et aimable en offrant au marin sa pipe fragile.

— Merci, Longue Vie, mais tu sais que mon esprit est toujours prêt à écouter les sages conseils venus de ta lecture d'*I-Ching*, même sans fumer cet air qui a tant transformé ton grand pays.

— À ton gré, Corto. » Il lui tendit les trois pièces. « Lance-les six fois en pensant à ce qui te tient à cœur. »

Corto obéit. Chaque fois qu'il lançait, Longue Vie traçait sur une feuille une ligne continue ou brisée.

14

La main du vieillard était flétrie, parcourue d'un réseau de fines veines saillantes, mais son trait était net et précis.

« D'une ligne forte naît une ligne faible et d'une ligne faible, une ligne forte. »

Après les six lancers, le Chinois disposa d'un ensemble de lignes entières ou brisées qui représentaient l'avenir de Corto.

« Ton signe est *Kui Me*, "la jeune fille qui se marie". Ce n'est pas un signe heureux. Ton signe signifie : de nouvelles entreprises causent une catastrophe. Rien de bon. »

Les lèvres de Corto se serrèrent à peine.

« Ainsi "la jeune fille qui se marie" porte malheur ? D'accord, ça veut sans doute dire que je ne me marierai pas.

— Tu veux toujours rire, mais le *Livre des Mutations* n'est pas une plaisanterie, il a été une source d'inspiration pour Confucius et Lao-tseu, qui en savaient sûrement davantage que nous sur le jeu de la vie et de la mort. »

Corto s'inclina, saisit la feuille de fin papier où était tracé le signe de *Kui Me* et se rappela combien de signes dans le monde entier étaient considérés comme propices et combien d'autres, au contraire, annonçaient le malheur. Il lui revint à la mémoire la douce mélodie de la *Petenera*, la chanson gitane qui portait malheur soit à celui qui la chantait, soit à celui qui l'avait entendue, et il se souvint de la vieille diseuse de bonne aventure qui était restée interdite en ne trouvant pas de ligne de chance dans sa main gauche. Enfant, il avait pourtant entendu cette chanson dans les rues ensoleillées de Cordoue et s'était incisé lui-même le sillon de sa ligne de chance avec un rasoir de son père. Ce n'était pas un défi, il avait agi d'instinct, tout naturellement : c'était sa façon de se comporter face au destin.

« Entendu, Longue Vie, je ferai attention.

— Nous vivons une époque difficile, Corto, les Russes combattent au nord, les Japonais à l'est, et dans les périodes de troubles et de révolte les sectes religieuses elles-mêmes se lancent dans les entreprises les plus ambitieuses. »

Le vieillard approcha sa pipe de ses lèvres, si minces et si exsangues qu'elles ressemblaient à une coupure dans du cuir, puis il souffla vers le plafond la fumée dont les légères volutes accentuaient encore cette vision.

« Selon les circonstances, une secte religieuse peut se transformer en association politique et vice versa. Les sociétés secrètes font alliance contre les étrangers : le Lotus Blanc avec les Trois bâtonnets d'encens, la Société des frères avec les Cinq petits tas de riz...

— Et toi, avec qui es-tu, Longue Vie ? l'interrompit le Maltais en se levant.

— ... le Triangle Rouge attendra l'avis du Losange Noir et le transmettra au Carré Rose et au Cercle Vert...

— On dirait une leçon de géométrie. »

Le vieux Chinois ne sourit pas. Corto rajusta sa casquette et se prépara à sortir, puis il considéra Longue Vie avec respect.

« Merci pour tout, Longue Vie, je dois partir maintenant. »

Il appuya la main contre la porte puis, comme s'il se rappelait quelque chose, il fit un pas en arrière. Le Chinois était debout et l'observait.

« Comment me trouves-tu ? demanda-t-il en faisant une demi-pirouette de danseur.

— Splendide, répondit le vieillard en riant. Les filles de Hong Kong vont perdre la tête et la Triade veillera sur toi, Maltese. »

Corto ébaucha une révérence : « Le Frère de la Nuit te salue et... te remercie. »

CHAPITRE 2

Vladivostok 1911

Les voies du Transsibérien traçaient de longs traits d'acier froid qui se perdaient dans un vaste désert de neige. L'odeur âcre de la mer allait disparaître et le paysage blanc se répéter à l'infini au long des milliers de kilomètres qui séparent la mer du Japon du golfe de Finlande.

L'officier cosaque Roman von Ungern-Sternberg avait l'uniforme aussi sale et déchiré que son visage gris et ensanglanté, mais bien moins éprouvé que son moral. Il était affalé comme un miséreux dans un coin de la gare sordide, la main gauche sur le col de sa longue capote et la droite sur une bouteille de vodka. La blessure qu'il avait à la tête battait comme un tambour et chaque gorgée de vodka calmait sa fureur tout en amplifiant le grondement de ses artères.

« Je dois être en train de devenir fou », pensa-t-il. Le vent aussi semblait hurler plus fort, il s'était réveillé plus acharné avec les premières lueurs pâles du jour.

Reval et l'Estonie étaient à l'autre bout de la Russie et ce train était le seul moyen de franchir la distance immense qui le séparait de chez lui. Les mots qu'avait prononcés Smolensky quelques jours plus tôt sifflaient à ses oreilles, lancinants et blessants comme le vent glacé soufflant entre les wagons : « Bouddhiste et allemand, quoi de pire pour un vrai Russe ? »

Ce rire grossier, vulgaire, et le regard entendu adressé aux autres officiers ne pouvaient rester impunis.

Cet imbécile n'avait pas la moindre idée de ce qu'il disait. La vérité, c'est qu'il l'avait offensé, lui, mais aussi toute sa famille. En tout premier lieu, son grand-père : le grand voyageur qui connaissait des mondes lointains et exotiques, leurs cultures, leurs religions, le corsaire qui avait rançonné les navires marchands anglais dans l'océan Indien. C'était précisément en écoutant ces récits incroyables que lui était venu le désir de devenir officier de marine et de pénétrer tant par le cœur que par l'intellect le sens de la religion bouddhiste, notamment de son karma, à savoir le destin qui lui revenait en vertu de ses existences précédentes.

Ce Sibérien ignorant ne pourrait jamais comprendre la grandeur de ses rêves. Il ne connaissait que son petit univers misérable ; il ne pouvait pas savoir qu'un Ungern était tombé sous les murailles de Jérusalem en suivant Richard

Cœur de Lion et qu'au XIIIᵉ siècle le baron Hansa von Ungern-Sternberg avait combattu avec l'ordre des Chevaliers teutoniques. Un autre Ungern, Heinrich, valeureux chevalier errant que l'on surnommait « la Hache », avait triomphé dans les tournois de la moitié de l'Europe. Au XVIIIᵉ siècle, un autre de ses ancêtres, Wilhelm, dit « le Frère de Satan », s'était distingué dans l'alchimie et, pour finir, le grand-père corsaire avait cherché à fonder un ordre militaire bouddhiste pour s'opposer à la dépravation révolutionnaire. Au cours des siècles, le sang allemand et magyar des Ungern-Sternberg avait toujours été un mélange explosif de spiritualité mystique et d'ardeur guerrière.

Par sa phrase stupide, ce petit homme méprisable avait outragé ses origines, mais l'affront avait été vengé.

Il avait suffi des quelques mots de l'officier sibérien et de son rire insolent. Les deux lames furent dégainées au même instant, mais l'assurance du Sibérien faiblit quand il vit le regard fixe d'Ungern : un éclair froid, glacé, qui venait d'une haine ancienne et profonde.

Le duel fut rapide et d'une violence extrême, un vrai combat de coqs. Durant les quelques minutes qu'il dura on n'entendit que le tintement des épées entrechoquées et le bruit sourd des lames s'enfonçant dans la chair. Smolensky finit à terre, les yeux exorbités à la vue de la blessure mortelle qui lui traversait le ventre et du rictus sauvage d'Ungern qui retournait le fer avec une cruelle lenteur. Il se vida de son sang et mourut tandis que le baron couvert de médailles Roman von Ungern-Sternberg, officier des cosaques de Nertchinsk en Sibérie, coupable d'avoir enfreint le règlement interdisant le duel entre officiers, quittait volontairement son bataillon pour rejoindre seul Vladivostok avec son cheval et son chien.

Dans ce monde de neige ouaté un éclair solitaire déchira le ciel, suivi d'un grondement de tonnerre lointain, assourdi. Le cheval cessa de manger les rares brins d'herbe gelée qui pointaient entre les rails et leva la tête en piaffant nerveusement ; son long hennissement interrompit le flot de souvenirs et de réflexions d'Ungern et fut pour lui comme un rappel : il ne devait pas prendre ce train.

Il se leva et se hissa avec peine sur sa selle, enfonça davantage son colback avec un gémissement étouffé, et d'un coup d'éperon lança sa bête au petit galop.

L'obscurité laissait place à la pâleur grise d'une aube qui avait du mal à remplacer cette longue nuit.

Entre la mer de Vladivostok et celle de l'Estonie s'étendaient toute la Mandchourie, la Mongolie, la Sibérie, la Russie. Toute l'Asie.

Ce voyage dans la solitude allait durer presque une année.

La yourte était isolée dans un décor de neige, de glace et de pierres : l'un des pans de feutre noir qui l'enveloppaient battait, agité par un vent fort et constant. Ungern s'approcha avec précaution en tenant fermement la bride de son cheval qui faisait des écarts : il était nerveux, excité, et le chien avançait aplati, la queue entre les jambes, il flairait l'air continuellement, grondait en direction de la tente et aboyait en se tournant vers son maître.

Ils tournèrent deux fois autour de la yourte misérable : pas un bruit, pas un signe de vie. Il n'y avait même pas de traces récentes sur le sol. Mais un filet de fumée qui sortait par l'ouverture ménagée au sommet du toit indiquait que l'endroit était habité.

Le baron s'arrêta à quelques mètres de l'entrée et resta un instant immobile, puis il mit pied à terre et attacha son cheval à un piquet.

La faible lumière rosée du crépuscule projeta son ombre sur la tente mongole et la vue de cette longue silhouette qui s'effaçait lentement le troubla. Il sentit un frisson lui geler le cœur et eut la sensation nette qu'il allait rencontrer là son destin.

À peine entré, il fut saisi par une odeur âcre de lait aigre, d'urine et de fumée. Une femme sans âge était assise auprès d'un brasero où brûlait un feu vif : elle ne fut pas du tout surprise de le voir, elle semblait l'attendre ; elle le regarda droit dans les yeux sans avoir à lever la tête, sans que son regard change, comme si elle savait qu'il allait entrer à cet instant même.

Roman von Ungern-Sternberg se pelotonna devant elle sur l'épais tapis de peau de chameau. Il sut qu'il était enfin arrivé devant la voyante qu'il cherchait depuis toujours.

La flamme colorait d'une lumière mouvante et rouge les rides de la femme et le grand front proéminent de l'officier. D'un geste infiniment lent, la vieille femme prit une théière sur le feu et remplit un gobelet métallique : Ungern le saisit dans ses deux mains raidies par le froid et la crispation sur les rênes, savourant à loisir le plaisir de sa chaleur, puis il le porta à ses lèvres et but. Le thé était noir et aussi fort que du café : le flot tiède qui lui descendait dans la gorge et l'estomac le réconforta.

La vieille femme tournait entre ses doigts ridés une omoplate de mouton ; elle gratta avec les ongles les derniers restes de viande et de sang séché, elle la regarda avec des yeux de plus en plus hagards puis se mit à chantonner d'une voix monotone. Elle posa l'os sur les charbons ardents

23

et attendit. L'os grésilla avec une lueur verdâtre et exhala aussitôt une puanteur répugnante dans une épaisse fumée noire.

Ungern l'observait transporté, le nez et les lèvres en avant dans une attention extatique, les longues moustaches rousses et tombantes encadrant un sourire étrange.

« Je vais te dire ton avenir », annonça une voix venue du monde du vent.

La vieille retira l'omoplate des flammes et la regarda fascinée ; elle la tourna et la retourna puis souffla dessus avec soin pour en chasser toute la cendre.

La voix lointaine et profonde était calme, mais les yeux creusés dans les rides avaient une fixité terrifiée.

« Je vois le dieu de la guerre. Monté sur un cheval gris, il traverse steppes et montagnes. »

Elle pointa sur lui un doigt recourbé comme une serre.

« Tu domineras un grand pays, dieu blanc de la guerre. Et je vois du sang, beaucoup de sang, du sang rouge qui coule... »

Ce soir de 1911, à vingt-six ans, le baron von Ungern-Sternberg avait connu son destin.

Sorti de la tente il se sentit comme un *bogatyri*, un chevalier errant puissant et invincible.

Les monastères saints de Mongolie, menacés

par l'affairisme et le matérialisme chinois, étaient en danger : ils allaient constituer son objectif. Les steppes de Mandchourie, les déserts et les montagnes de Mongolie allaient devenir son théâtre d'opérations tout comme ils l'avaient été pour Gengis Khan plus de sept siècles auparavant.

Quand il arriva à Harbin, en Mandchourie, la nuit tombait sur la malheureuse ville faite de maisons décrépies éparpillées sur un terrain plat, gris et poussiéreux. La rue principale, la Sungara Prospect, était déserte. Dans la terre battue, sillonnée d'ornières de charrettes et bordée de flaques de boue gelée, étaient plantés des réverbères qui ressemblaient à des fourches à trois pointes destinées à soutenir un ciel plombé et oppressant. À l'horizon, des cheminées d'usine crachaient sans répit une fumée noire. Telle était Harbin. Et pourtant, pensa-t-il, il s'agit d'une ville importante, point de jonction entre la voie ferrée chinoise orientale et la voie japonaise qui conduit vers le sud, Moukden, Dairen, Port-Arthur et Pékin ; le Transsibérien se trouvait beaucoup plus au nord, et à l'ouest il y avait Ourga, la Mongolie extérieure. À l'ouest...

Une ancienne légende lui revint à l'esprit :

Le grand conquérant Gengis Khan, fils de la rude et mélancolique Mongolie, monta sur le sommet du Karasu Togol et son œil d'aigle regarda vers l'orient et vers l'occident. À l'occident il vit des fleuves de sang

25

humain sur lesquels planait un brouillard rouge qui
voilait l'horizon ; de ce côté-là, il ne pouvait pas dis-
tinguer son destin. À l'orient, il vit de riches cités, des
temples lumineux, des peuples heureux, des jardins et
des champs cultivés. Mais les dieux lui ordonnèrent de
marcher vers l'occident avec tous ses guerriers. Alors le
grand Gengis Khan dit à ses fils : « À l'occident je
serai le feu et le fer, destructeur, destin vengeur ; à
l'orient je serai bienfaiteur, constructeur, porteur de
bonheur pour les hommes et la terre. »

On trouve dans l'histoire du monde de brefs
moments où le destin de certains individus se
mêle inextricablement à celui des peuples et
semble pouvoir en déterminer le cours. Ce sont
surtout les périodes troublées, celles qui suivent
ou précèdent les grandes révolutions, les écroule-
ments d'empires millénaires, les guerres les plus
sanglantes. Dans de tels moments, des hommes
doués de courage, d'ambition et parfois de folie
ont vécu, au cours des siècles, leurs jours de puis-
sance et de gloire, avant que les portes de l'Histoire ne se referment, presque toujours avec violence, sur leur mémoire.

Lorsqu'en ce soir de 1911 Roman von Ungern-
Sternberg eut connaissance de son destin, l'une
de ces brèves périodes tourmentées était sur le
point de commencer. L'année suivante, l'empire
séculaire de la dynastie mandchoue s'effondra en
Chine, laissant un vide du pouvoir dont devaient

profiter le Parti national du peuple (le Kuomin-tang) de Sun Yat-sen (qui établit un gouverne-ment républicain à Nankin) et les chefs militaires, les fameux « seigneurs de la guerre », qui se dispu-tèrent le gouvernement du pays avec l'aide des Japonais, des Russes, des Anglais et des Améri-cains, désireux d'obtenir des avantages straté-giques. La Mongolie, de son côté, victime depuis des siècles de l'oppression coloniale chinoise, déclara soudain son indépendance et se mit sous la protection de la Russie tsariste. Une protection destinée à ne pas durer : quand, en 1917, l'empire russe s'émietta sous les coups de la révolution bolchevique, la Mongolie se retrouva au centre d'une lutte entre les groupes révolutionnaires probolcheviques, ennemis des autorités tradition-nelles et même du bouddhisme, et un seigneur de la guerre, le général Hsu Chou-tseng, qui, sou-tenu par les Japonais et les milieux industriels et financiers chinois, occupa en 1919 la capitale, Ourga, réaffirmant sa domination sur le pays.

Plus d'un an s'était écoulé depuis cette soirée à Vladivostok. Le baron Roman von Ungern-Sternberg avait traversé des déserts de pierres bat-tus des vents et des étendues de neige sans limites, il avait franchi des montagnes et des plateaux cou-verts de mousse et dans sa solitude, jour après jour, il avait conçu et caressé un projet fou et

grandiose : restaurer la suprématie de la spiritualité asiatique sur le matérialisme européen enva-
hissant. Le destin, il en était convaincu, lui avait
confié cette mission.

Une fois arrivé à Ourga, il prononça à haute
voix les mots que la vieille voyante lui avait dits
dans la misérable yourte : « Tu domineras un
grand pays, dieu blanc de la guerre. Et je vois du
sang, beaucoup de sang... »

Il était prêt.

CHAPITRE 3

La nuit des lanternes

Sorti de l'établissement, Corto Maltese replongea dans le flot humain. Il ne pleuvait plus et on apercevait une trouée turquoise dans le gris compact du mur de nuages. Un petit attroupement se pressait autour d'un vendeur de journaux, composé presque exclusivement d'Européens, élégants, habillés de clair, qui paraissaient très intéressés par les titres que le crieur annonçait d'une voix aiguë et monocorde. Corto se fraya un chemin dans la cohue et acheta la *Hong Kong Gazette* ; il la plia sous son bras et se dirigea vers le port.

Sur la baie s'était levé un bon vent frais, il avait chassé l'humidité pesante de l'atmosphère en libérant le parfum de chanvre mouillé des amarres des grosses jonques qui se balançaient comme des cygnes ventrus sur un lac tranquille.

Corto huma avec plaisir cette odeur familière et s'assit sur un banc du môle. Il finit sa cigarette et ouvrit le journal : *La guerre, terminée en Europe, se*

poursuit en Sibérie. Un contingent de cent mille sol-
dats tchécoslovaques, déserteurs de l'armée autri-
chienne, s'est rebellé contre les bolcheviks et a pris le
contrôle de la ligne du Transsibérien... Un détache-
ment allié a débarqué à Vladivostok suivi de deux
autres, japonais et américain... L'amiral russe Kolt-
chak s'est proclamé dictateur de toute la Russie et
d'une grande partie de la Sibérie... Les seigneurs de la
guerre chinois se battent en Mandchourie...

Bien que très absorbé par sa lecture, Corto sentit que quelqu'un s'approchait derrière lui : il
replia son journal d'un air indifférent et resta
immobile, aux aguets, prêt à bondir. L'individu,
très grand et enveloppé dans un long imperméable clair, s'assit sans un mot à l'autre bout du
banc et se mit à le regarder fixement. Il avait des
cheveux et une barbe d'un noir aile-de-corbeau
avec des reflets bleutés, des pommettes hautes
et saillantes, des yeux très clairs, un grand nez
crochu.

Corto suivait ses mouvements du coin de l'œil,
décidé à ne pas lui donner la satisfaction de se
tourner vers lui, au moins pendant un moment.
Au bout de quelques minutes l'homme commença à tambouriner sur le banc ; le bout de ses
longs doigts noueux frappa le bois d'abord à un
rythme accéléré, puis plus lentement et avec un
son plus étouffé, imitant le bruit de chevaux au
galop qui s'approchent et ensuite s'éloignent.
Une seule personne au monde s'amusait à répéter
sans fin ce petit jeu.

Sans même se retourner, Corto porta la main à son front et repoussa ses cheveux en arrière dans un geste de désespoir inconsolable.

« Pas possible ! dit-il en secouant la tête. Raspoutine... Qu'est-ce que tu fais à Hong Kong ?

— Hong Kong ne t'appartient pas », répondit sèchement le déserteur russe compagnon de tant d'aventures.

Corto alluma calmement une cigarette et savoura l'arôme puissant du nuage de tabac. À travers la fumée bleutée il adressa un petit sourire à Raspoutine : « Deux ans ont passé depuis le temps où nous nous sommes vus la dernière fois à Saint Kitts. » Puis il le dévisagea avec une admiration bienveillante. « Tu es très élégant avec cet imperméable. »

Le visage anguleux de Raspoutine prit une expression satisfaite, plus détendue, confiante.

« Un type m'en a fait cadeau.

— Bien, mais tu n'as pas répondu à ma question. »

Ils se levèrent ensemble et s'acheminèrent vers les ruelles de la ville. Le vent était tombé et le soleil descendait sur la mer, teignant tout de sa lumière chaude. Des murs, des porches, des réverbères, partout pendaient de longues bandes de papier peintes de caractères chinois, des lanternes, des rubans de couleurs. C'étaient des broderies dans le vent, des mots peints dans l'air, messages incompréhensibles et fragiles d'un monde changeant et fuyant.

« Je ne suis pas obligé de te répondre, Maltese, mais je te dirai que c'est un moment important pour faire des affaires, les bolcheviks sont à la frontière mongole, les Japonais sont en Mandchourie et les alliés, en Sibérie. » Il s'arrêta et lui mit un doigt sous le nez, les yeux brillants d'enthousiasme et de cupidité. « Il y a de quoi s'enrichir dans le commerce des armes et le transport de mercenaires.

— Un beau travail de vautours. »

Déçu, Raspoutine laissa tomber les bras.

« Ne fais pas l'hypocrite, Corto, toi aussi tu es un gentilhomme de fortune.

— Précisément, un gentilhomme, et pas un délinquant comme toi. »

Raspoutine se ferma d'un coup et déclara avec le masque du mépris :

« Je pourrais te tuer pour ça.

— Encore cette histoire ? Mais tu ne te lasses donc pas de me répéter toujours la même chose ? »

La ruelle où ils marchaient devenait de plus en plus étroite : il y avait à peine plus de deux mètres entre les murs et cet espace réduit était encombré de bandes de papier suspendues à des fils invisibles. Les longs rubans jaunes, verts, rouges leur frôlaient la tête et donnaient une sensation de suffocation, de malaise.

« Eh, je te parle ! » dit Corto en se retournant, mais derrière lui il n'y avait plus personne. Il heurta de la tête une lanterne rouge et sursauta. La ruelle était complètement déserte, les ombres s'allongeaient et rétrécissaient dans la danse de lumières qui suivait l'oscillation des lanternes. Il entendit au loin un piétinement discret de pas pressés et le miaulement d'un chat en fuite. Il s'immobilisa.

« Ras, où es-tu passé ? »

Silence.

« Raspoutine ! ! ! »

Mais il valait mieux ne pas insister et ne pas faire davantage de bruit : Raspoutine pouvait même s'être caché pour lui tendre un guet-apens, fou comme il l'était. Corto erra dans le dédale des ruelles. Il n'y avait pas une âme, rien que de la boue, des murs lépreux, une odeur d'urine et de friture. Il retourna en arrière vers la rue principale et remarqua que la lanterne qu'il avait heurtée un peu plus tôt éclairait une tache de sang. La lumière était immobile et même la danse des ombres s'était arrêtée. Non loin de la tache, de petites gouttes indiquaient le parcours d'un homme blessé : elles menaient vers une venelle obscure. Corto resta contre le mur et jeta seulement un regard rapide derrière le coin.

Trois pistolets brillaient dans l'obscurité : trois policiers indiens, trois Sikhs, avec leur turban, leur barbe et certainement leur poignard, mais

portant l'uniforme de la police coloniale britannique.

« On ne bouge plus, marin ! lui ordonna l'officier. Où est l'homme qui vous accompagnait ? Pourquoi ce sang ? Où alliez-vous ? Vous avez vos papiers ? »

Il avait un ton dur, sévère, mais c'était ce que l'on pouvait attendre de mieux parmi les rencontres possibles dans ces coins sombres.

Corto présenta ses papiers mais ne put s'empêcher de plaisanter : « Qu'est-ce que c'est, une devinette ? »

L'officier sikh ne répondit pas, il se borna à contrôler minutieusement le passeport. Son esprit borné le mettait plus à l'aise dans la bureaucratie que dans l'ironie.

« Corto Maltese, sujet britannique, né à La Valette, résidant à Antigua... » Il détourna le regard des dates et des tampons pour le fixer sur lui. « Que cherchez-vous dans ce quartier, monsieur Maltese ?

— Rien. Je me promenais.

— Alors vous allez devoir nous suivre au poste. »

Le lieutenant Steven Barrow avait l'aspect du militaire anglais typique : cheveux blonds coupés très court et coiffés en arrière, nuque très dégagée, peau claire et rosée parsemée de taches de rousseur. Derrière lui, un grand drapeau anglais recouvrait presque tout un mur de l'étroit bureau.

Il fumait la pipe et écoutait, raide et compassé dans son fauteuil de cuir, le récit de Corto Maltese.

À la fin, il parut satisfait.

« Vous devez nous comprendre, commandant, la situation est difficile. La ville est pleine de réfugiés russes, d'aventuriers, de pirates, de contrebandiers, d'individus recherchés par la police comme ce type qui vous accompagnait, le capitaine Raspoutine. » Il lui lança un regard rapide, ralluma sa pipe éteinte, tira dessus à plusieurs reprises, et un parfum intense envahit la pièce. « Il est recherché par les polices de la moitié du monde et aujourd'hui, enfin, nous l'avons repéré sur le port avec vous. C'était peut-être un hasard, peut-être non, vous comprenez. » Il parlait avec calme et continuait à le fixer en attendant une réaction, mais Corto était impassible, presque distrait même : il savait qu'il n'y avait aucune preuve contre lui et il attendait avec impatience de pouvoir partir et rentrer chez lui. L'odeur de la pipe et ce visage terne lui donnaient la nausée.

« Excusez-moi, commandant, mais un officier de police doit se méfier de tout et de tous.

— Quel joli discours, l'interrompit le Maltais, mais que voulez-vous savoir de plus sur moi ?

— Je sais tout de vous C-o-r-t-o M-a-l-t-e-s-e. »

Il avait saisi le dossier et soulignait du doigt les

lettres de ce nom à mesure qu'il les épelait. Il y avait une grande satisfaction dans l'ostentation de son pouvoir mais tout autant d'indifférence de la part de Corto.

« Je sais que vous êtes déjà venu en Chine en 1905, puis en 1913, que vous êtes lié à une société secrète chinoise, que vous vous êtes adonné à la piraterie dans les mers du Sud, que vous avez été jugé en Afrique pour homicide, bien qu'acquitté ensuite.

— J'ignorais que j'étais aussi connu dans vos commissariats, mais je sais qu'il y a des gens qui ne m'aiment pas beaucoup, aussi ne croyez pas tout ce qu'on vous raconte sur mon compte. »

Le lieutenant Barrow se leva et se passa une main dans les cheveux sans rien y déranger. Il eut un sourire qui signifiait qu'il renonçait : avec cet homme-là, il perdait son temps.

« Bon. Tant que vous n'enfreignez pas la loi, vous n'avez rien à craindre, mais si vous devez revoir votre ami... »

Corto sortit un petit cigare de sa poche et remit sa casquette.

« Je peux m'en aller, lieutenant ? Cette conversation commence à me fatiguer.

— Où logez-vous, commandant ? » répliqua Barrow presque avec cordialité en l'accompagnant sur le seuil.

Dehors, dans la nuit de Hong Kong, le lieutenant apparut plus grand qu'il ne paraissait quand il était assis, et même un peu plus humain et plus sympathique. L'officier sikh le regardait déçu.

« J'habite un quartier malfamé de la ville basse, plein de voleurs et de belles femmes. » Corto s'en alla une main dans la poche, du pas sautillant et élastique du marin. La fraîcheur du soir et l'arôme du cigare lavaient ses narines de l'odeur écœurante.

Barrow et l'Indien le suivirent des yeux jusqu'à ce qu'il ait disparu dans une ruelle. Le lieutenant retourna dans son bureau, choisit un beau livre relié de cuir, les *Ballades* de Kipling, et se mit à lire. Les trois Sikhs reprirent leur patrouille.

Il y avait plusieurs années que Corto n'était pas revenu dans sa maison de Hong Kong et des souvenirs lointains se bousculaient dans sa tête.

Il entrouvrit à peine sa porte, délicatement, avec la plus grande attention, et écouta. Rien, pas un bruit, tout paraissait tranquille. Il entra et resta là, sans bouger, dans le noir. Il sentit un parfum ténu de pêcher, une fraîcheur propre qui rendait ses souvenirs plus intenses : il se sentit bien, léger.

Il alluma la lampe à pétrole et regarda autour de lui. Il trouva tout comme il l'avait laissé.

C'était une maison spacieuse, aménagée à la chinoise, divisée par des cloisons légères en bois clair et des paravents de papier de riz ornés de personnages. De vastes tapis, un Steinway à queue resplendissant, de petites tables basses et un grand fauteuil d'osier complétaient l'ameublement.

Il entra dans la salle de bains à petits carreaux de faïence vert et bleu et ouvrit le robinet de la baignoire, puis il continua à se promener et à regarder : les tableaux, les vases de couleurs, les coussins, tout était parfait. Il commença à se déshabiller lentement ; il versa dans l'eau chaude un liquide verdâtre et aussitôt, avec la buée, s'exhala un parfum soutenu d'eucalyptus et d'essences aromatiques. Il plongea dans l'eau, ferma les yeux et respira profondément. Il lissa ses cheveux mouillés et appuya la nuque sur le bord de la baignoire. La chaleur du bain adoucissait les lignes fortes de son nez, de ses mâchoires et de ses pommettes, mettant en relief les cheveux noirs et brillants, les sourcils bien marqués et les favoris fournis.

Il goûta longuement ce plaisir raffiné puis sortit de l'eau détendu, s'essuya énergiquement, garda une serviette autour du cou et mit une robe de chambre de soie.

Tout allait beaucoup mieux à présent, il était arrivé à Hong Kong et il était chez lui. Il n'avait aucune raison particulière de s'y trouver, mais d'après le peu qu'il avait entendu dire il pouvait en avoir mille. Il alluma un de ses cigares, prit un livre et s'installa dans le grand fauteuil.

Il regarda la couverture illustrée, les belles

lettres gothiques du titre, *Utopie* de Thomas More, et sourit : il avait bien souvent commencé ce livre sans jamais réussir à le terminer.

Quelle journée ! Raspoutine était apparu comme un fantôme et s'était volatilisé en laissant des traces de sang ; il y avait aussi les titres des journaux... Corto avait déjà entendu parler de Koltchak et des armées blanches contre-révolutionnaires, mais il ne pensait pas que la situation en Sibérie était aussi troublée. Et peut-être pas seulement en Sibérie : le ferment révolutionnaire parti de Russie faisait probablement tache d'huile dans de nombreux pays d'Asie, avec des conséquences incalculables.

Comme d'habitude, d'autres pensées l'avaient distrait de sa lecture, ce devait être le destin de ce livre. Il allait le reprendre quand la porte s'ouvrit doucement et Mme Hu apparut.

C'était une vieille Chinoise au visage doux, au sourire ouvert et franc.

« Tu es enfin de retour, dit-elle d'une voix musicale.

— Hu, je suis heureux de te revoir, tu as toujours tout reçu ?

— Oui, oui », répondit-elle en agitant la main comme pour chasser un insecte importun. « Mais toi, Corto, tu réduis tout à l'argent, et il ne suffit pas. Parfois on a aussi besoin d'être près des gens. Mais je ne veux pas t'embêter avec mes reproches de vieille femme. C'est un beau jour.

— Tu as raison, Hu. Où est ton mari ? »

Corto se leva et ouvrit une fenêtre pendant que la femme arrangeait les fleurs d'un vase ; la lune se profilait bien nette, le lendemain allait être une belle journée.

« Oh, il va bientôt rentrer », dit Hu d'un ton évasif, puis elle hésita, le regarda attentivement en pesant ce qui lui restait à dire. « Les Lanternes Rouges te cherchent. »

Corto fronça les sourcils, surpris.

« Les Lanternes Rouges ? Que me veulent-elles ?

— Elles doivent avoir quelque chose de très important à te communiquer. Elles ont insisté pour te voir, ce sont des jeunes filles courageuses et elles s'opposent aux autres sociétés secrètes. »

Elle souriait toujours mais on pouvait lire dans ses yeux un conseil, moitié supplication et moitié mise en garde.

« À ta place, je les écouterais. »

Corto marchait nerveusement dans la pièce. Il savait que la femme avait raison : il valait toujours mieux ne pas sous-estimer les messages des sociétés secrètes. Un proverbe chinois disait : « Les fonctionnaires tirent leur pouvoir de la loi, le peuple le tire des sociétés secrètes. » Et voilà qu'en une seule journée il avait été en contact avec les deux pouvoirs : celui de la loi qui l'avait admonesté et celui des sociétés secrètes qui allait sans doute en faire autant. Mais une chose en particulier l'agaçait : l'impression d'être mêlé malgré lui à une affaire qui ne présageait rien de bon. Longue Vie avait peut-être raison.

« Hu, tu n'es pas à ma place. Si je suis contre les autres sociétés secrètes, je suis aussi contre la Triade. »

La vieille Chinoise continuait de sourire. Elle portait une tunique de soie verte fermée jusqu'au cou par une longue rangée de petits boutons et avait les bras sur la poitrine, les mains glissées dans les manches. Elle remuait très peu, son langage était fait de petites inclinaisons, de lueurs rapides dans le regard, d'un discret mouvement des lèvres. Elle sortit la main droite de la manche avec une grâce infinie, comme pour offrir une fleur ou quelque objet très précieux.

« J'ai là une lettre pour toi, on l'a apportée ce matin, elle est parfumée. »

Corto Maltese alluma un cigare et retourna s'asseoir dans son fauteuil, puis il examina la lettre : sur le papier rouge et parfumé au jasmin il vit une écriture fine et minuscule. Hu était restée à l'écart, enfermée dans son silence réservé, mais elle ne perdait pas un seul de ses mouvements. Le Maltais leva les yeux, la vit et se mit à lire à haute voix :

« "Te souviens-tu d'un matin de papillons et d'un après-midi de fleurs sauvages ?" Qu'est-ce que c'est, Hu, une autre société secrète ?

— Non, sûrement pas, tu dois avoir une très mauvaise mémoire. »

Elle s'inclina à peine, avec lenteur, et disparut sans bruit comme elle était venue.

Corto resta avec son cigare éteint et un vague souvenir ancien.

Par la fenêtre grande ouverte lui parvint un bruissement fugitif : un bruit de pas, puis le sifflement aigu d'un couteau qui se planta en vibrant à quelques centimètres de sa tête.

Il sauta sur ses pieds et en quelques bonds il franchit le rebord de la fenêtre, traversa la petite véranda et atteignit la rue. Dans la ruelle retentissait un rire fou qui dans ce dédale de venelles et de cours semblait provenir de toutes les directions à la fois.

Il pénétra dans une cour intérieure et se trouva derrière la maison ; il se colla contre un mur et vit de l'autre côté deux ombres qui fuyaient. Puis il entendit un bruit de pas d'homme qui arrivait en courant ; il serra le poing et quand il tourna le coin il lui lança un vigoureux direct du droit.

« Voyons qui est ce lanceur de couteaux. »

L'homme était tombé pesamment mais Corto fut rapide comme l'éclair : de la main gauche il le saisit au collet, prêt à frapper de nouveau. Quand il souleva vers la lumière le visage barbu il se mit à rire.

« Raspoutine ! Mais qu'est-ce qui t'arrive, tu n'es plus en forme ? Autrefois tu étais excellent au couteau. »

Raspoutine se releva et ôta la boue de son imperméable puis il prit un air offensé.

« Je suis toujours excellent, et c'est pour ça que tu es là au lieu d'être mort. » Il tira de sa poche une cigarette en piteux état qu'il alluma d'un coup d'ongle sur la tête d'une allumette. « J'ai voulu te faire une farce, c'est tout, je ne t'avais pas vu depuis longtemps et tu m'as paru ennuyé. » Il souffla un nuage de fumée et continua à essuyer son imperméable.

« Une farce vraiment épatante. Explique-moi plutôt pourquoi tu as disparu cet après-midi. Que t'est-il arrivé ? J'ai vu des traces de sang. »

Raspoutine avait un sourire amusé et faraud. Il se caressa le menton et lissa sa longue barbe noire.

« Ah ! Ah ! tu as été surpris, hein ?

— Que veux-tu dire ?

— Comment ? Tu n'as encore pas compris ? répondit Raspoutine en se dirigeant vers la maison de Corto. C'est tout simple, il y a des années que toi et moi nous ne vivons plus d'aventures comme celles d'autrefois. » Il s'enthousiasmait, ses yeux brillaient et un sillon profond marquait son front. « Tu te rappelles le Moine ? L'île d'Escondida ? L'or des Allemands ? Ah ! C'était vraiment le bon temps !

— Tu es fou, Raspoutine !

— Mais non, je l'ai fait pour toi, tu ne comprends pas. Pendant que tu parlais, je me suis caché et je me suis fait une petite blessure pour te faire croire qu'il m'était arrivé quelque chose. »

Il baissa les bras et rentra la tête dans les épaules, désolé. Toutes ses expressions, ses réactions, ses gestes étaient appuyés, comme les traits de son visage anguleux.

« J'ai voulu t'offrir une émotion, Corto, parce que je t'aime bien. Nous sommes les seuls à savoir combien c'est dur de vivre dans un monde sans fantaisie, sans imprévus, sans joie. »

Son regard s'était fait implorant mais sincère.

« Dis-moi que tu me comprends, Corto !

— Bien sûr que je te comprends, Ras, mais je sais aussi que tu deviens de plus en plus cinglé !

— Je pourrais te tuer pour ça. »

Ils étaient arrivés devant la porte de la maison. La brise faisait se balancer les lanternes colorées, et trois silhouettes silencieuses habillées à la chinoise, portant de grands chapeaux de paille, les épiaient, tapies dans l'ombre.

« Tu me tueras une autre fois, Raspoutine. Pour le moment, viens boire un verre. »

Corto ferma la porte derrière lui et retira le couteau encore fiché dans le mur.

« Comme ça, tu pourras reprendre ton bien.

— Il n'est pas à moi.

— Quoi ? il n'est pas à toi ? » insista Corto

Trop de choses ne cadrent pas dans cette histoire, se dit-il. Il se pencha à la fenêtre : tout paraissait calme, la lumière poursuivait sa danse dans la ruelle déserte. Les trois personnages qui les avaient suivis reculèrent la tête simultanément.

« Je te répète que ce couteau n'est pas celui que je t'ai lancé. »

Mme Hu entra. Elle avait à la main, ou plutôt entre deux doigts, un robuste couteau ; elle le tenait comme si c'était une saleté, comme si le simple contact de cet objet la gênait tellement qu'elle voulait le limiter au strict minimum nécessaire.

« Le couteau de ton ami est peut-être celui-ci. »

Corto regarda d'abord Raspoutine puis la vieille Chinoise.

« Celui-là, oui, c'est le mien », dit le Russe.

Au même instant, un bruit sourd et un cri parvinrent de la rue. Corto et Raspoutine empoignèrent les couteaux et sortirent. Un Chinois vêtu à l'européenne gisait à terre : il avait un poignard dans le dos et étreignait encore un pistolet. Les trois personnages en habit chinois l'entouraient. Contre toute attente, ils s'inclinèrent.

« Les Lanternes Rouges te saluent, Corto Maltese. Cet individu braquait un pistolet sur toi à travers la fenêtre. »

Ces mots sortaient doucement, comme une musique, d'une petite bouche délicate, celle d'une jeune femme. Les deux autres étaient aussi des femmes. Elles portaient une lanterne rouge attachée sur la hanche, avaient une silhouette menue et se déplaçaient avec des mouvements rapides et souples.

« Nous avons une affaire importante à te proposer, tu es disposé à nous aider ? »

Corto et Raspoutine avaient écouté en silence, tout s'était passé très vite.

« Je ne sais pas si je pourrai vous aider, mais puisque vous m'avez sauvé la vie je suis prêt à vous écouter. Entrez donc. »

Ils s'assirent autour de la table. Mme Hu alluma un bâtonnet d'encens dans un coin et servit cinq petits verres de saké. L'atmosphère était tendue. La jeune femme qui avait parlé dans la rue tira de sa manche une feuille de papier. La lumière de la lanterne n'éclairait que le bas de son visage, les yeux et le nez étaient obscurcis par l'ombre du grand chapeau de paille.

« As-tu jamais entendu parler du train d'or de l'amiral Koltchak en Sibérie ? »

Le dessin de sa bouche était doux et gracieux.

« J'ai entendu parler de l'amiral Koltchak mais pas de son train d'or », dit Corto en buvant l'alcool à petits coups.

Raspoutine devint plus attentif et approcha son siège de la table.

« Ce train transporte le trésor impérial russe », commença-t-elle d'un ton décidé qui contrastait avec la charmante musicalité de sa voix. Elle poursuivit en lisant le papier avec grande attention : « Après la mort du tsar et de sa famille l'année dernière à Ekaterinbourg, l'amiral Koltchak s'est emparé du trésor impérial au nom du gouvernement contre-révolutionnaire. »

Elle leva les yeux du papier mais garda la tête baissée.

« Le train se trouve maintenant près de la frontière mongole et il intéresse les seigneurs de la guerre chinois, les bandits mandchous, les alliés en Sibérie et les sociétés secrètes, dont la nôtre. Nous, les Lanternes Rouges, financerons l'entreprise en fournissant des hommes et des fonds. Il ne nous manque que quelqu'un qui soit capable de diriger les opérations. »

Cette fois, elle releva la tête d'un air décidé et découvrit aussi le reste de son visage : le nez, les pommettes et la peau étaient ceux d'une femme très jeune et très belle. Corto la contempla longuement ; elle replia le papier en silence et sans montrer la moindre gêne ajouta :

« Nous avons pensé à toi, Corto Maltese, parce que nous savons que nous pouvons te faire confiance, mais celui-là... »

Raspoutine se pencha sur la table et y appuya les deux mains.

« Si c'est de moi qu'il s'agit, tu peux t'épargner la peine de continuer. Vous êtes en train de parler d'or, d'or russe — il se tourna vers Corto Maltese — et de russe, ici, il n'y a que moi, le seul à avoir un droit quelconque à parler de tout ça. »

Nullement impressionnée, la jeune fille ne

mperdit pas contenance ; les deux autres, prêtes à bondir, serrèrent les couteaux cachés dans les manches de leur tunique.

« Les Lanternes Rouges ne perdent pas leur temps avec ceux qui se mettent en travers de leur route. »

La jeune fille était restée assise tandis que Raspoutine éloignait sa chaise pour se préparer à contre-attaquer.

« Je me mets où je veux et quand je veux, je n'ai pas peur de vous !

— Sa vie dépend de toi, Corto Maltese. Pour nous, cela revient au même de le tuer maintenant ou plus tard. Si tu le veux comme associé, tu dois te porter garant de lui. »

Furieux, Raspoutine se précipita vers son ami, le prit par les épaules et le secoua. Corto l'observait avec un regard amusé.

« Mais tu te rends compte, Corto, ces Lanternes à la gomme ne savent pas à qui elles ont affaire, je t'accepte comme associé. »

Corto se libéra de son étreinte et se mit à marcher de long en large sans rien dire. Une fine ligne grise avait commencé à dessiner le contour des toits de Hong Kong.

« Arrête de délirer, Raspoutine, la proposition est intéressante, je ne le nie pas, mais si nous acceptons, nous aurons contre nous tout ce qui bouge à l'est de Moscou. »

La jeune fille posa sur la table un portefeuille

et une enveloppe fermée par de petits cachets de cire rouge.

« Il y a là-dedans les instructions pour les Lanternes Rouges de Shanghaï qui t'aideront à arriver à Ourga en Mongolie, et ce portefeuille contient mille livres sterling or pour tes premiers frais. »

Corto prit l'enveloppe scellée et regarda la jeune fille.

« Je ne prendrai que les instructions, je vous présenterai plus tard le relevé de mes dépenses, car si l'entreprise réussit, ce dont je doute, nous partagerons moitié-moitié les frais et les bénéfices. Je suis votre associé et pas l'un de vos employés, c'est clair ?

— Tu es toujours aussi fou, comment peut-on refuser mille livres sterling ? dit Raspoutine en secouant la tête.

— Si c'est ce que tu préfères, qu'il en soit ainsi. » La jeune fille but d'un coup le petit verre de saké et le leva en l'honneur de leur accord. « Mais n'est-ce pas toi qui disais qu'entre deux associés il y en a un de trop ? »

Corto se mit à rire et porta un toast à son tour.

« Non, ce n'est pas tout à fait ça, j'ai dit que j'aime bien que les associés soient en nombre impair, mais un c'est trop peu, et trois, c'est trop. »

Il faisait à présent grand jour et il ne restait plus qu'à se préparer au départ.

« Tu devras te montrer prudent, Corto. Même la plus belle fleur peut cacher un piège vénéneux », recommanda Hu en lui offrant une tasse de thé.

Raspoutine tournait en rond, excité et nerveux.

« Tu es capable de trouver une jonque disposée à nous conduire à Shanghaï ? lui demanda Corto qui avait lu dans ses pensées.

— Enfin, je retrouve le Corto que je connais. Mon cher ami, la jonque est déjà prête, et elle nous attend au port ! »

CHAPITRE 4

Transbaïkalie, fin 1919

Le soleil avait du mal à traverser les branches du bois de bouleaux et éclairait une bande de brume qui stagnait au-dessus du sol. Sous la mousse qui recouvrait l'écorce des arbres se déplaçaient des cortèges incessants de fourmis et l'air était imprégné d'une odeur âcre. Dans le silence humide et vide, une rumeur se fit entendre, une sorte de tonnerre lointain.

Un escadron de cavalerie se dirigeait au trot vers le bois en soulevant un nuage de neige. Il était composé d'un millier d'hommes à l'aspect féroce portant les tenues les plus variées : cosaques à la longue capote noire doublée de mouton, Tartares à la large ceinture de tissu, Bouriates, Kirghizes et Mongols à toque de fourrure. Leurs armes étaient tout aussi disparates : sabres, poignards recourbés, pistolets Mauser, fusils Lebel ou Krag-Jorgensen. Avec leurs bandoulières de cartouches croisées sur la poitrine, ils ressemblaient davantage à des bandits qu'à des soldats appartenant à un corps régulier. Le porte-drapeau brandissait une bannière jaune d'or sur laquelle se détachait un grand U noir. À la tête de cette étonnante armée, un officier aux longues moustaches rousses montait une jument grise. Il portait un pantalon bleu foncé avec une bande jaune sur le côté et l'on apercevait sous sa grande capote à col de fourrure une veste bleue où brillait une seule décoration, la croix de Saint-Georges, le chevalier qui avait combattu le dragon.

C'étaient les hommes de la Division de cavalerie asiatique (Asiatskaïa Kon'Divisiya) du baron von Ungern-Sternberg, ils venaient du lac Baïkal, à cinq cents kilomètres à l'ouest, et se dirigeaient vers Tchita, capitale de la Transbaïkalie, la région qui s'étendait entre le lac Baïkal à l'ouest et le fleuve Argoun à l'est, frontière entre la Sibérie et la Chine.

Tchita était un nœud ferroviaire très important entre la ligne chinoise orientale qui venait de Harbin et la ligne soviétique de l'Amour : pratiquement tout le trafic entre Vladivostok ou Khabarovsk et l'immense plaine sibérienne d'Omsk, et de là à Moscou, devait passer par là.

En 1913, après un an de vagabondage solitaire, Ungern avait atteint Ourga où il avait retrouvé son compagnon d'armes Semenov dans la garde cosaque qui protégeait le consulat. Quand la guerre mondiale éclata ils furent rappelés dans leur escadron respectif du régiment de Nertchinsk des cosaques de l'Oussouri.

Quand après la révolution bolchevique les ex-chefs de l'armée tsariste créèrent les armées « blanches » dans le but de lutter contre le nouveau régime, Ungern et Semenov aboutirent en Sibérie et se battirent dans les rangs de Koltchak. Dans un premier temps, les armées blanches, qui profitaient des contingents envoyés par les grandes puissances sorties vainqueurs de la guerre mondiale et inquiètes de l'expansion éventuelle du bolchevisme, attaquèrent de toute part les armées rouges de Trotski et semblèrent avoir le dessus, mais au bout de deux ans, isolées, séparées les unes des autres par des milliers de kilomètres, dépourvues de coordination stratégique, elles perdirent tout espoir de vaincre.

Entre-temps, en Mongolie, les oppresseurs chinois qui avaient repris le pouvoir en profitant de l'affaiblissement des Russes consécutif à la révolution commirent une grave erreur : après avoir emprisonné l'autorité religieuse suprême, le Bouddha vivant, ils décrétèrent l'impossibilité de réincarnations ultérieures de la divinité céleste. C'en était trop : l'orgueil et la spiritualité des Mongols ne pouvaient tolérer une humiliation aussi grave. C'est alors que Djam Bolon, prince des Mongols bouriates de Transbaïkalie, s'adressa au général Ungern-Sternberg en lui demandant de libérer Ourga et tout le pays du joug chinois.

Ungern-Sternberg allait avec sa division à la rencontre de son vieux compagnon Semenov qui pendant ce temps s'était créé en Mandchourie, contrôlée par le général chinois Tchang Tso-lin, allié des Japonais, une base d'où il préparait sa guerre personnelle contre les rouges.

Entre les cosaques, les Russes, les Bouriates, les Mongols et les Serbes, la Cavalerie sauvage de Semenov comptait plus de mille hommes. Même les Français et les Japonais, désireux d'avoir des relations économiques avec la Mandchourie, avaient contribué à la renforcer : les premiers par une subvention, les seconds par l'envoi de quatre cents volontaires, choisis il est vrai parmi les soldats ayant eu des problèmes de discipline.

Par leur aspect et leur caractère les deux hommes étaient aussi différents que leurs origines. Petit et maigre, Ungern avait la carnation, les traits physiques, la force et la détermination de l'Allemand, tandis que Semenov, fils d'un Russe et d'une Bouriate, avait les pommettes saillantes, les yeux noirs, les cheveux rebelles, les grosses moustaches tombantes du Mongol, le goût de l'intrigue, l'astuce et la cruauté raffinée d'un Asiatique.

Grigory Semenov était extrêmement vaniteux. Il se faisait appeler « roi de Mandchourie », « gouverneur de Transbaïkalie » ou « duc de Mongolie ». Dès qu'il apprit qu'il avait la taille de Napoléon, il prit l'habitude de se promener une main glissée dans son manteau et obligea chaque jour sa maîtresse à lui mettre en plis une mèche sur le front comme celle de l'empereur. Ses hommes étaient tenus de chanter en permanence ses louanges. Il aimait follement les trains et les considérait comme la seule arme invincible, outre qu'ils étaient le seul moyen de se déplacer rapidement — et avec tout le luxe dont il avait un besoin constant — à travers les immenses distances sibériennes. Faire des incursions le long des lignes de chemin de fer dans ses trains blindés en semant la terreur lui apportait un plaisir immense.

Ungern avait une conception complètement différente de la guerre, presque ascétique, religieuse. Il vivait frugalement, sans s'accorder le moindre luxe. Toujours aux côtés de ses hommes, il dormait sous leurs tentes, courait les mêmes risques qu'eux et partageait leurs privations. Il demandait en échange une obéissance et un respect absolus sous peine de mort. Il était obsédé par les prédictions sur son avenir, auxquelles il accordait une importance considérable, et qui fondaient toutes ses décisions. La libération de la Mongolie était devenue le but de sa vie.

Semenov avait un idéal beaucoup plus concret :

son principal objectif était tout simplement l'or russe qui voyageait sur les lignes sibériennes ; tout le reste, la guerre contre les rouges, l'unité des peuples mongols, les succès sanglants de sa Cavalerie sauvage faisaient partie, avec le luxe et les femmes, de ses plaisirs personnels.

La Cavalerie asiatique d'Ungern-Sternberg mit le camp sur une hauteur des monts Jablonovy qui surplombait la ville de Tchita et la large vallée traversée par le Transsibérien et le fleuve Ingoda.

Il faisait très froid. Une grosse péniche chargée de sel descendait lentement le fleuve en se frayant un chemin entre les plaques de glace qui commençaient à en encombrer le lit. Tchita était une ville assez importante de quinze mille habitants environ : on pouvait distinguer les flèches aiguës de la cathédrale et les coupoles de la synagogue, le faîte des toits abîmés des magasins de l'armée, une brasserie, une fabrique de bougies, quelques petites tanneries et une fonderie qui rejetait un nuage de fumée par une haute cheminée de brique rouge.

L'édifice imposant de la gare semblait désert. On y voyait de nombreux dépôts de charbon, une grande citerne d'eau avec un escalier de fer, des piles de traverses en bois, de rails et de matériel d'aiguillage. Sur une voie secondaire, tel un monstre d'acier immobile, stationnait un train à l'aspect menaçant : c'était un *bronepoezd*, un train blindé.

La locomotive était une Mallet à douze roues, mais ses lignes avaient été équarries par le lourd blindage d'acier ; sur le flanc peint en blanc se lisait son nom, *Le Fouet*, écrit en caractères cyrilliques noirs. Derrière elle se trouvait un tender pour le transport du charbon puis deux wagons revêtus de plaques d'acier interrompues en plusieurs endroits par les fentes de tir destinées aux mitrailleuses. À leur suite venaient trois autres wagons blindés pour le transport des troupes et enfin un autre tender surbaissé armé d'un canon de marine de 120 monté sur une tourelle mobile. Les plaques d'acier gris étaient incrustées çà et là de glace sale et des franges de glaçons pendaient de la base de la tourelle du canon et de ses roues.

Après la voie s'étendait un vaste espace occupé par un ensemble de yourtes disposées en demi-cercle et d'un caravansérail qui abritait de nombreux chevaux, de gros chameaux bruns et des animaux de basse-cour piaillards.

Le baron Ungern-Sternberg et sa fidèle escorte de trente cosaques descendirent de la colline et se dirigèrent vers le campement et le train blindé de Semenov.

Glissant bruyamment entre les pierres gelées, les chevaux piaffaient, lançaient des nuages de buée et bandaient leurs muscles qui tressautaient sous l'effort pour conserver vitesse et équilibre.

Les cavaliers cosaques aux longs manteaux noirs empoignaient solidement le cuir des brides, gonflés d'orgueil : ils constituaient la garde d'élite du baron, le suivaient comme son ombre à toute heure du jour et de la nuit. Ungern, en tête du groupe, excitait Macha, sa jument grise, avec un *trost* de bambou ; il frôlait sans cesse le bord de l'escarpement mais trouvait l'audace de se retourner avec un rictus de possédé pour inviter ses hommes à le suivre dans cette course folle : c'était un défi, une confirmation supplémentaire de leur invulnérabilité face aux forces de la nature et face à l'ennemi.

Quand ils atteignirent le campement, les chevaux continuèrent longtemps à piaffer dans une excitation contagieuse et à tourner en rond, en se cabrant et en hennissant : c'était un spectacle même pour les hommes ensommeillés de Semenov qui les avaient vus arriver enveloppés par le nuage blanc de la poudre de glace.

Ungern sauta à terre, confia sa fougueuse monture au lieutenant Makeïevitch et alla d'un pas décidé vers la plus grande yourte où deux Mongols imposants se mirent au garde-à-vous avec raideur en faisant tinter le petit sabre recourbé et l'automatique qui pendaient à leur ceinture.

Il écarta sans un mot le feutre pesant et entra dans la luxueuse tente de campagne de Semenov,

aménagée avec une recherche qui lui parut déci-
dément déplacée : tapis précieux, poêle de faïence
chinois décoré de bleu, meubles finement
sculptés et, enfin, porcelaines, cristaux, objets
d'argent provenant de Dieu sait quelles razzias.

Grigory Semenov portait un uniforme bleu
foncé littéralement recouvert de décorations de
toutes sortes. Il était assis dans un grand fauteuil
de cuir brun, ses jambes gainées de hautes bottes
de maroquin appuyées sur une pile de coussins de
soie. Quand le baron fut devant lui, sa bouche
soulignée par les longues moustaches tombantes
dessina lentement un sourire.

« Je suis venu te saluer, Grigory, je pars pour
Daouria. De là, j'organiserai l'attaque contre les
ennemis de la Mongolie, mais j'ai besoin de l'appui des Japonais et du général Tchang Tso-lin. »

D'un geste large de la main Semenov l'invita à
s'asseoir.

« Que cherches-tu à faire, libérer le Bouddha
vivant ? »

Ignorant son invitation, Ungern se mit à marcher nerveusement dans la yourte en frappant ses
bottes avec son *trost* de bambou.

« Les seigneurs de la guerre se battent entre
eux, ils osent dicter leurs lois affairistes au Divin
Hututku lui-même et vont jusqu'à emprisonner
l'esprit incarné du grand Bouddha. » Ses yeux
enfoncés dans leur orbite, semblables à ceux d'un
animal au fond d'une caverne, lançaient des

éclairs menaçants. « Les bolcheviks en profitent pour créer un mouvement révolutionnaire mongol. S'ils réussissent, ce sera la fin de notre monde. »

Semenov le regardait avec une certaine indulgence : il avait toujours apprécié son fol idéalisme, mais il savait qu'il allait lui rendre la vie plus courte, beaucoup plus difficile et plus inconfortable que la sienne.

« Nous ne pourrons repartir à la conquête de la Russie et de l'Europe qu'à partir d'une Asie libérée du bolchevisme. » Le baron poursuivait sa vision en triturant sa badine et en contractant les muscles de ses mâchoires. « Avec ma division, j'occuperai Ourga, je dis bien Ourga, la ville sainte de la grande Mongolie, puis j'attaquerai la Russie tel un nouvel Attila, ou Gengis Khan, ou Tamerlan.

— Tu délires, Roman, cette guerre est perdue. La seule chose que nous pouvons encore faire est de prendre ce qui reste de l'or impérial, changer de nom et disparaître dans des pays lointains.

— Ces pensées-là, je te les laisse, Grigory, j'ai bien d'autres rêves. Sans doute n'existe-t-il pour moi que la guerre.

— J'essaierai de t'aider, mais je n'ai guère confiance dans mes Japonais et dans les alliés, je ne crois qu'en mes trains blindés. Suis-moi, je veux que tu voies le dernier arrivé. »

Ils sortirent de la yourte et, pendant que

Semenov mettait son manteau en ajustant son accroche-cœur qui pointait sur son front, un bon nombre de cosaques se rangèrent pour un salut parfait.

« C'est *Le Fouet*, mon préféré. J'en ai deux autres entre le Baïkal et Harbin. Comment le trouves-tu, il n'est pas merveilleux ? demanda Semenov visiblement ravi de l'aspect imposant de son joyau d'acier.

— Je préfère mes chevaux, ils ont peu d'exigences, comme moi, d'ailleurs. En galopant avec des bêtes comme celles-là la Horde d'or a créé le plus grand royaume d'Asie. »

Semenov sourit en secouant la tête.

« Tu connais la duchesse Marina Semianova, Roman ? Elle doit arriver d'un jour à l'autre par l'un de ces *bronepoezd*. Elle est très amie avec l'amiral Koltchak. Elle va chercher l'or impérial soufflé aux rouges ; elle compte l'emporter en Mandchourie.

— Et toi, Grigory, tu vas l'aider pour que tout finisse le mieux possible, n'est-ce pas ? » Ungern se mit à rire avec un regard en biais tout en montant sur son cheval encore agité. Les trente cosaques l'entouraient déjà et attendaient, les yeux fixés sur lui. Il tira fermement sur la bride et sa jument se cabra, il lui fit faire un tour rapide sur elle-même puis dégaina son sabre étincelant et le brandit vers le ciel.

« Nous nous reverrons à Daouria, Grigory, si tu

veux venir à la recherche de notre gloire et de notre folie. »

Semenov leva la main en signe d'adieu et pensa : « Allez, allez, les rouges ou les Chinois vous mettront en pièces, et toi, baron, tu seras un de moins avec qui partager l'or de Koltchak. »

Les cavaliers d'Ungern-Sternberg s'éloignèrent et disparurent dans les bois, tandis qu'un soleil décoloré s'efforçait d'éclairer cette froide journée.

Deux jours plus tard arrivèrent au camp d'Ungern les quatre cents volontaires japonais dirigés par le général Suzuki que Semenov lui avait promis et deux cents autres hommes, Mongols et Bouriates, venus renforcer l'armée qui devait donner l'assaut à la ville sainte d'Ourga.

Le jour se levait, un crachin glacé qui n'était ni pluie ni neige tombait d'un ciel encore sombre et imprégnait l'air d'une humidité qui pénétrait les os. Dans le camp brillaient les nombreux feux qui éclairaient d'une lueur sinistre les ombres des hommes se déplaçant entre les tentes : le baron avait convoqué tout son état-major dans sa yourte.

Ungern-Sternberg buvait comme à l'habitude son thé noir en guise de café et indiquait sur une carte jaunie un itinéraire aux officiers réunis autour de sa table.

« Nous partirons demain à l'aube vers Borzia, nous traverserons l'Ingoda ici et nous nous dirigerons vers Daouria où nous établirons notre camp en attendant l'assaut final contre les ennemis de la Mongolie. » Il interrogea ses officiers du regard.

Le général Rezouchine hocha lentement la tête en signe d'approbation.

Suzuki indiqua un point sur la carte.

« Les hommes du Dragon Noir pourront nous envoyer de Manchouli des armes et des munitions, général. Daouria est une excellente position.

— Bien... et vous, dit le baron en s'adressant à un homme grand et mince au long visage osseux, prince Djam Bolon, pensez-vous que le valeureux peuple bouriate pourra collaborer à notre combat ?

— Plus de cinq cents cavaliers arrivent de Verchné-Oudinsk et des villages des rives du Baïkal, ce sont mes meilleurs hommes. J'ai dû laisser mes terres sans surveillance, à la merci des attaques des rouges, général, mais la Transbaïkalie est avec vous.

— Très bien, prince », répondit Ungern satisfait. Puis il ajouta avec une certaine appréhension : « J'espère que vous avez pensé à amener la personne dont je vous avais parlé.

— Bien sûr, elle vous attend », répondit le prince en s'inclinant légèrement.

Le lieutenant Makeïevitch et le major Eremeïev

regardèrent leur général et comprirent à un signe que la réunion était terminée. Le major replia la carte avec soin et la rangea dans un étui de cuir ; Makeïevitch offrit à tous du thé chaud et des cigares.

Pendant que les officiers profitaient de la pause, un soldat entra. Il était grand et son visage était très blanc. Il avait une expression peu intelligente et des yeux froids et cruels.

« Capitaine Vaselovsky, j'avais dit que je ne voulais pas être dérangé, tonna Ungern.

— Excellence, les sentinelles viennent de capturer une patrouille ennemie en reconnaissance.

— Qu'on l'amène immédiatement ! » ordonna-t-il d'une voix sèche et nerveuse.

Il mit calmement sa casquette et ses gants de cuir, prit son *trost* de bambou et invita ses hôtes à le suivre dehors.

Devant la yourte se tenaient six soldats rouges entourés de cosaques. Ils avaient un aspect misérable, ils étaient sales, tremblaient de froid et jetaient autour d'eux des regards apeurés. Le baron les dévisagea l'un après l'autre en se frappant les côtes avec sa badine ; puis il leur tapa sur l'épaule et les sépara en deux groupes : deux à droite et quatre à gauche.

« Fouillez ces deux-là ! ordonna-t-il à ses hommes. Ce doivent être des commissaires bolcheviques ! » Il se retourna vers les quatre autres.

« Vous êtes des paysans mobilisés par des commissaires rouges, n'est-ce pas ?

— Oui, excellence, c'est exactement ça ! » répondirent les quatre hommes qui étaient devenus encore plus pâles.

« Major Eremeïev, enrôlez ces hommes dans nos troupes ! »

On trouva dans les poches des commissaires bolcheviques présumés des passeports qui confirmaient les soupçons. Le capitaine Vaselovsky les apporta à Ungern qui les examina avec une moue méprisante et lui donna un ordre muet.

L'officier au visage décoloré alla vers les deux hommes qui à présent tremblaient davantage de peur que de froid. Il marchait lentement en faisant crisser ses bottes sur la neige gelée au milieu du silence absolu. Quand il fut devant eux, il tira son sabre de l'air le plus naturel du monde et en un éclair les atteignit l'un après l'autre à la gorge de toutes ses forces. Il essuya sa lame sur le manteau de l'un des deux et se retira impassible, le visage toujours aussi blanc et indifférent, le regard vide et impitoyable.

Le baron retourna dans la tente avec le prince bouriate. Il marchait de long en large, la tête baissée, les mains croisées dans le dos.

« En signant le traité de Brest-Litovsk la Russie a trahi les alliés. Nous avons mobilisé l'Asie, les nôtres ont pénétré en Mongolie, au Tibet, au Turkestan, en Chine. Les bolcheviks ont exterminé les meilleurs officiers russes, déclenchant ainsi une guerre civile qui a interrompu notre programme panasiatique, mais le moment est maintenant arrivé de soulever toute l'Asie, de réaliser notre grand rêve et de libérer la Mongolie. Il y a toujours un prix à payer pour réaliser un grand rêve, vous ne croyez pas ? Beaucoup ne m'aiment pas à cause de ma cruauté, de ma sévérité, mais il n'existe qu'une arme pour libérer le monde de ceux qui veulent éliminer l'âme du peuple ! »

Le prince Djam Bolon l'écoutait du haut de sa grande sagesse hiératique avec un mélange d'admiration et de crainte.

« Moi, descendant de chevaliers teutoniques, de croisés et de corsaires, je ne connais qu'une façon de traiter les assassins de l'âme : la mort !

— Les peuples d'Asie qui croient en la libération de l'affairisme chinois et du communisme russe sont comme vous, général. Un général doit être respecté et craint, de ses propres troupes comme de ses ennemis. »

Le prince bouriate avait une voix profonde et harmonieuse.

« C'est pour moi un privilège de parler avec vous, prince. Je suis habitué depuis trop longtemps à parler avec les Russes, des paysans sauvages et sans culture ou des intellectuels idéalistes et sans volonté. Tous hommes dénués de créativité, incapables de projets, c'est pourquoi ils se plient aux idéaux matérialistes de la révolution.

Le progrès nous prépare à devenir divins dans une autre vie, tandis que la révolution nous réduit à l'état de bêtes. »

Il remplit deux verres de vodka et considéra le cristal d'un air absent.

« J'espère seulement avoir le temps de réaliser mon rêve, prince ! ajouta-t-il en vidant son verre d'un trait. Je veux encore me faire lire mon avenir, vous en comprenez l'importance. » Il semblait vouloir se justifier devant un homme aussi sage.

« La femme que je vous ai amenée, général, a vu des choses que personne d'autre n'est en mesure de voir. De toute la région du Baïkal et des villages perdus de Sibérie et de Mongolie arrivent tous les jours des hommes qui veulent que son esprit leur révèle leur destin.

— Vous me l'enverrez à minuit, prince. Et je vous remercie. »

La conversation était terminée, il n'y avait rien à ajouter. À peine le feutre de la yourte s'était-il refermé sur Djam Bolon que le capitaine Vaselovsky s'introduisit sans bruit, aussi pâle qu'un spectre.

« Suis-le, mais n'y touche pas. Tu me feras un rapport plus tard, lui ordonna Ungern avec un mouvement du menton. Je veux voir cette femme bouriate à minuit. »

Le baron sortit de la tente et enfourcha son cheval. Makeïevitch et Eremeïev, ses deux fidèles lieutenants, se précipitèrent vers lui mais il les arrêta d'un regard ; puis il poussa sa superbe jument grise vers le bois. Il galopa longuement parmi les pins pour sentir le froid lui fouetter le visage, couché sur l'encolure de la bête. Il s'arrêta tout à coup devant un lac enveloppé d'une chape de brouillard qui ne laissait apparaître que les sommets des montagnes à l'horizon. L'eau était parfaitement calme, parcourue d'un friselis imperceptible dû à l'évaporation : on eût dit un voile de soie impalpable. Deux loutres à la tête noire et luisante affleurèrent et observèrent le cheval et l'homme immobiles sur la rive telles des statues fumantes puis, traçant dans l'eau deux sillages triangulaires, elles nagèrent vers l'une des îles d'herbes qui tachetaient le lac et disparurent.

Ungern-Sternberg inspira à fond et lança Macha dans un trot léger en direction du camp. La nuit tombait vite, humide, sans étoiles ni lune.

À minuit, le capitaine Vaselovsky introduisit dans la yourte une femme entre deux âges qui se prosterna aux pieds du baron et alla se blottir près du brasero.

Elle avait des yeux noirs très vifs, les cheveux sales et en broussaille, de vieux vêtements tachés de graisse. Elle puait la cendre et le beurre rance. Ses traits étaient mongols mais son teint assez clair était celui des Bouriates.

Avec des gestes d'une extrême lenteur, la

femme détacha un petit sac de sa ceinture pour en tirer de minuscules os d'oiseaux et une poignée d'herbes sèches. Ungern s'impatientait. Assis sur un tabouret bas, il restait penché en avant pour ne rien perdre du rituel.

La voyante se mit à chantonner d'une voix rauque une mélopée monotone et incompréhensible. Elle jeta les herbes dans le feu et la tente s'emplit d'une fumée douce-amère. Elle aspira ce parfum à pleins poumons et continua à chanter d'une voix de plus en plus gutturale et inquiétante. Puis elle posa les os sur les charbons ardents, en les retournant de temps en temps avec de petites pinces noircies. Pendant qu'elle les tournait et les examinait, son visage se tordait dans une grimace de douleur et de terreur.

« Que vois-tu, femme ? lui cria le baron assis au bord du tabouret.

— Ta vie est courte, très courte, et je vois beaucoup de sang. »

Il se leva en demandant : « Combien de temps ?

— Deux ans peut-être... mais tout est sang... rien que du sang... » La femme se contorsionnait et sa voix n'était plus qu'un râle sourd.

« Deux ans, c'est peu, mais cela suffira peut-être », se dit Ungern, puis il la pressa de nouveau : « Que vois-tu d'autre, vieille sorcière ? Parle !

— Seulement beaucoup de sang, Ungern Khan... seulement beaucoup de sang.

— Tu l'as déjà dit, imbécile, cria-t-il, mais tu ne m'as pas dit si je vaincrai ! »

Il s'avança, menaçant, le doigt pointé devant les yeux fous de la femme. Elle tremblait et transpirait, secouée de frissons qui arrivaient par vagues, mais elle resta muette, les yeux exorbités sur ses visions sanglantes. « Parle ! » intima-t-il en tirant son pistolet.

La voyante eut une sorte de soubresaut ; d'une main sale et ridée elle tira du feu les os fumants, les serra dans son poing au mépris de la douleur et les agita en direction du baron. Elle avait un rictus horrible, le menton en avant, les mâchoires ouvertes sur une bouche répugnante, et elle prononça ses dernières paroles :

« Tu tueras beaucoup... tu verseras beaucoup de sang... »

Ungern tira deux fois.

« Tu as raison ! Je commencerai par le tien, maudite idiote », dit-il en continuant à la cribler de balles jusqu'à ce que le chargeur soit vide.

Makeïevitch, Eremeïev et Vaselovsky se précipitèrent dans la tente et coururent vers la vieille femme étendue sur le sol. Une manche de sa tunique était restée sur les charbons ardents : Eremeïev éloigna le bras inerte du feu avec la pointe de sa botte et éteignit la flamme en écrasant le tissu sous sa semelle.

Le baron étreignait encore le pistolet fumant. Il

avait le visage creusé de profonds cernes noirs, les yeux vitreux, fixes, perdus.

« Rien que deux ans à vivre... » Il reprit conscience comme au sortir d'un rêve et toisa ses hommes de confiance. « Vous avez entendu ? Il n'y a pas de temps à perdre, faites préparer la division, nous devons partir.

« Immédiatement ! » ajouta-t-il et il quitta la tente.

CHAPITRE 5

Mer de Chine méridionale

Raspoutine avait récupéré une jonque dans le long boyau à l'ouest du port principal de Hong Kong que les Chinois appelaient Shek pi Wan. Là était ancrée une flotte désordonnée de milliers de sampans, petites embarcations à fond plat, en forme de coin, reliées entre elles par des planches, des cordes et de petites passerelles : une véritable ville flottante, un monde en soi. La plupart de ceux qui vivaient à leur bord n'avaient jamais éprouvé le besoin de descendre à terre. Ils avaient tout sur place : le restaurant, le marché, les maisons de jeu. À les voir ainsi côte à côte, avec leur proue basse et leur grosse poupe disgracieuse, on imaginait des chaussures à talon haut en perpétuel mouvement, prêtes à se heurter et s'emmêler.

Sortir des eaux de ce quai surpeuplé n'était pas une mince affaire, mais les matelots de la jonque de Corto et Raspoutine surent se tirer habilement de cet enchevêtrement en n'utilisant que deux voiles, l'une à l'avant et une plus petite à l'arrière. La quille presque plate permit à l'embarcation de se déplacer sur l'eau avec légèreté malgré sa masse. Le capitaine, un bonhomme au visage dur, desséché par le soleil et couvert de rides, fumait et laissait ses hommes s'occuper des manœuvres, en se contentant de les suivre d'un regard nonchalant. Il tenait la barre de la longue godille qui pour le moment effleurait les eaux boueuses du port : elle ne s'enfoncerait qu'une fois atteinte la pleine mer. C'était une très grande jonque avec une poupe haute et saillante et cinq mâts de pin robustes renforcés par des colliers de fer. Les grandes voiles de coton toutes rapiécées et jaunies avaient l'air de chiffons mais en réalité elles étaient soutenues par un châssis compliqué de lattes de bambou capable de supporter des vents très forts. Chaque latte avait sa propre écoute et quand la principale, qui les réglait toutes, était bordée, la voile se repliait vers le haut comme un store vénitien.

À peine la jonque fut-elle arrivée au centre de la passe que Corto respira profondément, satisfait : il se sentait mieux. Accoudé à l'avant près de Raspoutine, il contemplait le spectacle des embarcations qui se croisaient continuellement, les allées et venues des péniches qui transportaient des cargaisons d'oignons, de bois, de charbon et de toutes sortes de marchandises à travers la large passe qui séparait l'île populeuse de Hong Kong de la péninsule de Kowloo, dans les Nouveaux territoires.

Les matelots hissèrent toutes les voiles avec un bruit sec et la brise commença à les gonfler. L'embarcation, gauche mais efficace, prit rapidement de la vitesse : elle glissait tranquillement comme un gros canard dans sa mare.

« Elle est belle cette jonque, Raspoutine, elle remonte bien au vent ! dit Corto en observant la large voilure et les banderoles jaune et bleu au sommet du mât.

— Je n'ai pas très confiance dans ces voiles à lattes, de vrais chiffons », répondit Raspoutine. Le vent ébouriffait ses cheveux et sa longue barbe noire.

« Tu as tort, Ras, ces jonques sont robustes et, avec leur fond presque plat, elles tirent peu, elles conviennent bien à ces mers pleines d'écueils.

— Tu sais ce que m'a dit un marin chinois de ces drôles de voiles, Corto ? »

Le Maltais s'était adossé au parapet, il fumait et observait les matelots occupés aux réglages. Un jeune mousse s'appliquait à peler un gros tas de pommes de terre près du mât de misaine. Raspoutine, tourné vers la mer, riait tout seul en secouant la tête.

« Il m'a dit que la voile à lattes chinoise ressemble à l'oreille humaine. » Il se retourna et le vent sépara ses cheveux et sa barbe en deux moitiés parfaites. « Elle est toujours prête à écouter le vent », conclut-il les mains derrière les oreilles en une imitation de voile peu convaincante.

« C'est toi qui a dû inventer cette histoire idiote plutôt que le vieux Chinois. Voilà une bien belle jonque, Raspoutine, je te félicite de l'avoir trouvée.

— En fait, c'est elle qui m'a trouvé. Un coup de chance. »

Le mousse qui pelait les pommes de terre leva un peu la tête, coiffée d'un grand chapeau de paille.

« Trop de chance. Une occasion plus unique que rare. »

Corto fit un pas vers lui. « Qu'est-ce que tu as dit ? »

Le couteau recourbé qui luit entre les mains du garçon n'est pas fait pour peler des pommes de terre, se dit Corto. Trop aiguisé pour ce genre de travail. Trop brillant et trop bien entretenu.

Le mousse se leva pour aller vider le seau d'épluchures dans la mer. Il était maigre, engoncé dans une tunique trop grande. Quand il se trouva près de Corto il lui susurra : « Ton ami a eu... trop de chance » et il insista sur ce mot avec un coup d'œil rapide de sous le bord de son chapeau.

Corto recula. « Explique-toi. » Il souhaitait rester à distance pour être prêt en cas de surprise, mais le garçon se rassit et continua à peler les pommes de terre.

Les autres matelots semblaient affairés autour

des voiles. Le soleil commençait à se coucher et la brise avait fraîchi. La jonque passait entre de nombreux écueils et de petites îles : Hong Kong était déjà loin.

« Ce n'était pas un hasard, affirma le mousse. La société secrète du Coucher de soleil rouge veut vous éliminer, ce bateau appartient à cette secte. » Il parlait la tête baissée et le chapeau le dissimulait entièrement.

Corto se mit à suivre l'activité des matelots avec une plus grande attention et comprit très vite que tout ce qu'ils faisaient était inutile. La jonque filait sans encombre et tous les réglages de voiles étaient absolument superflus.

« C'est une société indépendante de bandits payés par quelqu'un qui ne veut pas que vous arriviez à Shanghaï, poursuivit le mousse.

— Le Coucher de soleil rouge ? » répéta Corto en surveillant du coin de l'œil un mouvement qu'il avait remarqué à la poupe. Des matelots déplaçaient quelque chose, quelque chose de lourd à en juger d'après les ahans qui parvenaient jusqu'à lui. Un tas de cordages lui bouchait la vue ; il chercha à changer de place pour mieux observer mais ce fut inutile : de là où il se trouvait il était impossible de comprendre de quoi il s'agissait.

« Oui, la tradition veut qu'ils n'agissent qu'au crépuscule, au moment précis où le soleil se couche. Le rouge, c'est le sang. Le vôtre.

— Et toi, qui peux-tu être ?

— J'ai été payé pour vous aider. Les Lanternes Rouges, ou la Triade, pour moi c'est pareil, et j'attends aussi un cadeau de ta part, Corto Maltese. »

Corto s'était approché et le garçon avait levé la tête. Un matelot à la grosse barbe frisée était passé près de lui d'un air faussement indifférent.

« Nous ne pouvons plus parler, ils ont compris, mais attention, ils ont une mitrailleuse à la poupe, chuchota le mousse. Il faut croire que vous leur faites vraiment peur... pour moi, ceci suffirait », conclut-il et l'éclat de sa lame se refléta sur le visage hâlé de Corto.

Il se leva et s'éloigna pour vider de nouveau le seau dans la mer, puis il alla vers l'arrière d'une démarche souple. Corto crut y reconnaître quelque chose. Sous la tunique râpée et décolorée on devinait une constitution nerveuse et athlétique, entraînée à une tout autre activité que l'épluchage des pommes de terre.

Raspoutine contemplait toujours les voiles qui écoutaient le vent et imaginait les lingots d'or de Koltchak.

Corto lui annonça simplement : « Ils veulent notre peau.

— Qui ? répondit Raspoutine tout aussi simplement.

— L'équipage de cette jonque. » Il leva le menton pour lui indiquer les mouvements suspects des hommes devant eux.

« Regarde à l'arrière ! »

Le tas de cordages lovés avait disparu, laissant place à une mitrailleuse Vickers soutenue par un robuste trépied. Une bande y était déjà introduite et un matelot qui n'avait pas l'air d'un ange frottait avec un chiffon le canon déjà reluisant.

« Eh bien quoi, elle est destinée aux pirates, tu ne crois pas ?

— Ils vont d'abord l'essayer sur nous, Ras. »

Corto fit mine de regarder le ciel où était apparue une traînée orange et dit entre les dents : « Tu te sens capable d'éliminer le capitaine pendant que je m'occupe de la mitrailleuse ? »

Raspoutine se contenta de lui adresser un sourire entendu qui découvrit d'un côté une longue canine ; ses sourcils hirsutes séparés par deux sillons profonds se réunirent à la racine du nez, crochu comme un bec de rapace. Il mit une main dans sa poche, empoigna le gros Luger calibre 9 et se dirigea promptement vers l'échelle qui menait à la dunette.

Corto aspira une dernière bouffée de son cigare, laissa la fumée se dissiper dans la fraîcheur de la brise, puis bondit soudain vers les deux hommes qui s'interposaient entre lui et la mitrailleuse.

« Maintenant, Ras ! » cria-t-il.

Pendant qu'il courait vers la poupe il entendit le coup tiré par le Luger, suivi des cris et des appels désordonnés des matelots chinois désemparés par le meurtre de leur capitaine et le changement de programme.

La mitrailleuse se mit à crépiter en direction de Raspoutine et une pluie de projectiles s'abattit sur les planches, sur les voiles, sur les barils, sur tout sauf sur Raspoutine qui réussit à se jeter à terre et à se mettre à l'abri en roulant parmi les éclats de bois.

Corto Maltese se retrouva devant trois matelots armés de longs poignards et réagit instinctivement : il se jeta sur le premier avec un vigoureux coup d'épaule qui lui fit perdre l'équilibre et s'écrouler sur les autres. À peine le plus agile était-il parvenu à sortir de sous ses compagnons et à se dégager de la mêlée que Corto le frappa au menton d'un coup de pied décidé et partit au pas de course en renversant les barils, les cordages et tout ce qu'il trouvait sous ses pieds.

Pour le moment, il s'en était tiré, mais l'adversaire le plus redoutable était toujours là : la Vickers. Le mitrailleur le suivait depuis un moment, Corto le savait bien. Au début, ses compagnons s'étaient trouvés dans sa ligne de tir et il risquait de les toucher, mais à présent qu'il ne restait plus personne dans les parages, Corto était devenu une cible facile. Il n'eut même pas le temps de penser à une tactique de défense que déjà le Chinois barbu tirait une courte rafale : les balles se fichèrent dans le grand mât et firent craquer les bracelets de métal.

« Raspoutine, où diable es-tu passé ? cria Corto tout en continuant à courir.

— Je suis là-dessous, mais je ne peux pas bouger, occupe-toi de la mitrailleuse. »

La voix venait de la base de la dunette d'où s'élevait une colonne de fumée noire.

Corto leva les yeux et eut la surprise de voir deux matelots à quelques mètres de lui : cette fois, ils ne vont pas se laisser rouler facilement, pensa-t-il. Il ralentit sa course et entendit le bruit sec d'un coup de fusil, puis un second : les deux Chinois tombèrent foudroyés.

« Lanternes Rouges ! Lanternes Rouges ! »

Celui qui avait crié était caché par la brigantine et par la fumée, mais le canon carré caractéristique de l'Enfield dominait tout le pont de l'autre côté du grand mât. Quelqu'un (mais qui ?) continuait à tirer et à crier : « Vive les Lanternes Rouges ! Mort au Coucher de soleil rouge ! »

Corto regarda mieux et reconnut la tunique élimée du mousse. Le visage qu'avait masqué le chapeau de paille était à présent découvert. C'était... une jeune fille... mais bien sûr : la Lanterne Rouge de Hong Kong, il n'y avait aucun doute. Cette démarche souple, le couteau aiguisé, la voix...

Le Maltais envoya un coup de poing en pleine figure à un matelot qui s'était planté devant lui, puis il courut vers l'avant dans l'intention de prendre le mitrailleur à revers.

Entre-temps, la jeune Lanterne Rouge avait sauté d'un bond devant la cabine du capitaine : le Chinois au visage olivâtre était là, immobile, couché dans une mare de sang, et Raspoutine bricolait à moins d'un mètre de lui avec une mèche et un baril de poudre. La jeune fille lui fit un signe entendu et entra d'un coup d'épaule dans la cabine. Il y avait une petite fenêtre protégée par une natte d'où l'on pouvait voir tout le pont : avec délicatesse, en écartant à peine les brins de paille, elle y glissa le canon carré du fusil et chercha sa proie. Le mitrailleur avait tourné la Vickers vers la proue en direction du Maltais et il lui tournait le dos : elle le cadra calmement entre les repères du viseur et appuya le doigt sur la détente, mais ensuite, comme si elle avait changé d'avis, elle relâcha la pression et lança : « Lanternes Rouges, Lanternes Rouges ! »

Le mitrailleur barbu tourna rapidement son arme et son regard vers la voix. Une flamme fugitive fut sa dernière image du monde terrestre.

La jeune fille sortit de la cabine. Son regard attentif se déplaçait sans cesse à la recherche de dangers éventuels, elle tournait la tête par petites saccades pour pouvoir tout surveiller. Elle s'approcha de la Vickers et saisit la poignée pour viser les matelots qui poursuivaient Corto : ils étaient tous dans sa ligne de tir, mais à cause de la misaine elle risquait de le toucher.

Elle hésitait encore quand retentit une violente explosion, et d'immenses flammes commencèrent à envelopper toute la dunette. Les matelots chinois cachés derrière la voile se jetèrent à terre. Partout pleuvaient des lambeaux d'écoutes enflammés et des morceaux de bois fumants.

Profitant de la confusion, Corto se mit à grimper au grand mât pour permettre à la jeune fille de tirer dès qu'elle aurait de nouveau quelqu'un dans sa ligne de mire. Arrivé au sommet, il s'engagea à petits pas sur la grand-vergue en s'aidant des bras pour garder un équilibre résolument précaire. Tandis qu'il réfléchissait à ce qu'il devait faire dans cette posture inconfortable de trapéziste, un Chinois, sur la vergue de misaine en face, pointa un pistolet sur lui. À l'instant même où le coup partit, Corto s'élança vers l'écoute qui retenait toute la voile. Il perçut un bruissement au-dessus de sa tête et quand ses mains étreignirent le chanvre rêche de cet unique moyen de fuite il sentit une forte vibration : la balle avait tranché l'écoute.

En une fraction de seconde, les eaux froides de la mer de Chine méridionale l'engloutirent tandis que sur la jonque, dans un vacarme de lattes de bambou, la grand-voile tombait sur le pont comme un grand éventail, frappait deux matelots et communiquait rapidement le feu à la proue.

Quand Corto refit surface, transi de froid, la lueur lointaine du feu et la fumée de la jonque commençaient à diminuer et la nuit tombait. Sans la jeune fille, ses aventures se seraient achevées dans cette mer.

« Eh, toi, tu viens de la jonque incendiée ? »

Les deux soldats chinois étaient arrivés sans bruit par-derrière et pointaient leur fusil sur lui.

« Tu es le seul survivant ? »

Ils avaient tout l'air de le regretter.

« On le dirait bien, mais tu pourrais baisser ce fusil. »

L'officier qui le tenait en respect exprimait l'arrogance ; la visière luisante de sa casquette descendait sur un regard oblique, la jugulaire serrée au-dessus du menton lui étirait la bouche en un ricanement cruel.

« Sois moins bavard, cochon de Blanc. Ici tu es en territoire chinois et pas dans une de vos légations en zone internationale. » Il sourit en découvrant une rangée de petites dents pointues. « Viens avec nous, c'est ton jour de chance, tu vas faire la connaissance du général Kouang.

— Le général Kouang ? »

Le général Kouang était le bras droit du redoutable Hsu Chou-tseng, l'un des trois « seigneurs de la guerre », ou Doujoun, qui avaient constitué à Pékin en 1918 le groupe Anfou, une clique de politicards et de militaires chinois corrompus liés à des entreprises industrielles et financières qui voulaient tirer avantage de la guerre.

Kouang contrôlait la longue bande côtière entre Hong Kong et Shanghaï pour le compte des trois Doujoun qui avaient réussi à instaurer dans les provinces un néoféodalisme brutal et humiliant. C'était un homme très raffiné et très astucieux qui connaissait parfaitement le monde européen et sa culture et qui pouvait unir avec une extrême désinvolture une sensibilité et un goût exquis à des méthodes de commandement d'une atroce sauvagerie.

Le cabinet du général était spacieux et élégant. Les fenêtres étaient protégées par des nattes de bambou d'un tissage très délicat à travers lesquelles filtraient de minces rais de soleil. Ces lignes lumineuses dont les reflets multiples ondoyaient sur la soie noire qui revêtait les murs créaient une atmosphère étrange, à la fois inquiétante et apaisante.

Le mobilier, réduit à l'essentiel, était recherché : une bibliothèque chargée de livres au dos de cuir, une commode marquetée sur laquelle reposaient deux magnifiques dragons de jade, et un imposant bureau de style Empire. Derrière le bureau était suspendue une grande carte du sud-est de la Chine qui allait jusqu'à la Mongolie, la Mandchourie et la partie méridionale de la Sibérie ; elle était très belle : peinte en trois dimensions avec finesse et précision elle rendait plastiquement le moindre détail, les reliefs couverts de neige, les déserts, les steppes, les sections navigables des fleuves, les voies ferrées, les routes, les villes, les villages et les frontières.

Il flottait dans l'air un lourd parfum de tabac épicé et des échos de voix lointaines donnant des ordres, de brodequins marchant dans la poussière.

Quand l'officier entra dans la pièce, le général ne leva même pas la tête ; il continua la lecture de la dépêche posée devant lui en jouant machinalement avec une plume laquée qu'il tenait entre les doigts. Seul le filet de fumée de son long cigare remua légèrement.

« Mon général, une patrouille a capturé un marin blanc, je le fais fusiller ? »

Kouang porta le cigare à ses lèvres et aspira une longue bouffée, puis il souffla vivement la fumée sur la dépêche : le nuage bleu plia un peu la feuille et se dispersa en remontant vers le visage de l'officier.

« Il ne me paraît pas opportun de fusiller des Blancs en ce moment, imbécile ! Amène-le-moi ! »

L'officier tourna les talons et referma la porte.

La tête de Kouang, ou plutôt son crâne luisant était resté penché sur les papiers. Il rangea la plume laquée à côté des deux autres déjà parfaitement parallèles puis il croisa les doigts et appuya les coudes sur le bord du bureau.

C'est dans cette position que le trouva Corto Maltese.

« J'ai entendu dire que vous aviez échappé au naufrage plutôt mystérieux d'une jonque. »

La voix était calme et profonde. Il tendit une longue main très maigre pour inviter Corto à s'asseoir sur le fauteuil face à lui.

« Que faisait quelqu'un comme vous sur ce bateau ? Vous recherchiez peut-être le charme exotique de notre mer Jaune ? » Le ton s'était fait plus pressant, les lèvres s'écartaient juste assez pour laisser sortir les mots, le visage était un masque rigide totalement dépourvu d'expression. « La mer Jaune est une mer sournoise, continua-t-il, pleine de pirates et toujours en proie à de furieuses tempêtes. »

Corto savait que cet homme était en train de l'étudier. Ses questions n'appelaient pas nécessairement de réponses : elles ne lui servaient qu'à gagner du temps, du temps pour l'observer, pour percevoir et évaluer ses réactions.

« Ou peut-être n'aviez-vous pas assez d'argent pour vous permettre de payer un voyage sur un bateau plus confortable ? »

Corto gardait le silence sans laisser voir la moindre nervosité.

« Comment vous appelez-vous ? aboya Kouang.

— Corto Maltese. »

Le général continua de l'observer les yeux plissés.

Corto était assis les jambes croisées avec élégance, un bras appuyé sur le bureau et l'autre abandonné mollement sur son genou.

« Hmm, Corto Maltese... », bredouilla le général. Son sourire n'était qu'une ligne horizontale. « Corto Maltese, le pirate, c'est-à-dire un gentilhomme de fortune, comme vous préférez vous appeler, vous, les aventuriers occidentaux. »

Presque confus, il abandonna soudain son attitude agressive. Il se pencha un peu sur son bureau et baissa la voix, cherchant à prendre un ton confidentiel.

« Savez-vous que nous avons un ami commun ? »

Corto gagna du temps, craignant de faire un faux pas.

« Vous m'étonnez, général. Et qui cela peut-il être ?

— Le milliardaire Soong de Shanghaï.

— Mr. Soong ! »

Le visage de Corto s'éclaira d'un de ces légers sourires instinctifs que provoquent les vieux souvenirs.

« Sans doute serait-il plus juste de dire Mme Wee-Lee Soong ? On se souvient très bien de vous dans cette maison, commandant Corto Maltese. Vous avez eu de la chance de tomber sur une de mes patrouilles. Je ferai mon possible pour vous aider. »

Il se leva et se mit à marcher à pas lents en regardant la pointe de ses bottes.

« Je dois seulement vous demander un renseignement. »

Il regarda enfin Corto.

« Vous êtes venu en Chine pour voir quelqu'un ? »

Silence.

Il se rapprocha.

« Une femme, sans doute ?

— C'est une question indiscrète, général, mais si cela peut vous rassurer, je vous dirai que je ne suis pas venu pour Mme Wee-Lee Soong.

— Ah, alors pour autre chose... qui sait ? un train russe chargé d'or, par exemple ? »

La question pesa longuement dans un silence alourdi par le calme affiché de Corto et la familiarité suspecte du Chinois.

« Je crains de ne pas vous comprendre, général.

— Ah... », fit-il avec une note passagère de déception agacée ; puis, après une pause, il le mit sévèrement en garde : « C'est curieux comme depuis quelque temps des quantités d'individus meurent pour n'avoir pas compris certaines choses. »

Un parfum de thé se répandit dans la pièce : un

serviteur chinois imposant était entré sans bruit et ses mains gantées tenaient un plateau avec des tasses et une théière de porcelaine blanche presque transparente, décorée de splendides motifs bleus minuscules. Corto, attiré par un détail inquiétant, ne put s'empêcher de regarder cet homme : il avait un trou à la place de l'oreille gauche, une cavité occupée par une blessure qui n'était pas encore tout à fait cicatrisée. Le crâne était presque entièrement chauve, avec une large bande régulière de cheveux qui le traversait par le milieu.

« Ah, bien, le thé. Une oreille prépare un thé délicieux, servez-vous, je vous en prie, commandant.

— Une oreille ? demanda Corto les yeux fixés sur l'horrible cavité qui marquait de si anormale façon la limite entre la mâchoire et la base du crâne du serviteur.

— Oui, c'est un ancien moine tibétain qui a écouté quelque chose qu'il n'aurait pas dû entendre, alors... — il fit un geste rapide de la main — on lui a coupé une oreille, mais il prépare vraiment très bien le thé. »

Le Tibétain présenta le plateau au général puis à Corto, en gardant la tête baissée en signe d'humilité et de respect ; puis il sortit en silence comme il était entré.

« Je suis aveugle, sourd et muet comme les trois célèbres singes », dit Corto en buvant son thé à petites gorgées. Il était réellement excellent : clair, avec un parfum imperceptible de jasmin et peut-être aussi de fleur de pêcher, exalté par les petites tasses fragiles qui conservaient toute la chaleur. Corto aimait bien ces gestes : tenir à deux doigts la tasse brûlante, approcher les lèvres du bord imperceptible, humer le parfum, boire le liquide à tout petits coups.

Le général Kouang alla à la fenêtre et tira un cordon pour relever en partie la natte de bambou : la pièce qui était restée jusqu'alors dans la pénombre fut inondée par la lumière violente du soleil.

Dehors, dans la cour poussiéreuse, un groupe de soldats escortait un prisonnier les mains liées dans le dos. Le malheureux ne comprenait pas où ils l'emmenaient et regardait tout autour de lui d'un air égaré et épouvanté. Lorsqu'il reconnut Kouang à la fenêtre il comprit tout et une expression mi-implorante mi-terrorisée se peignit sur son visage. Au même instant, l'officier de service se mit au garde-à-vous en claquant des talons et en soulevant un petit nuage de poussière ; il regarda lui aussi Kouang et attendit. Le général baissa imperceptiblement la tête puis lâcha le cordon et la natte retomba avec un claquement sonore. Il retourna à son bureau boire lentement son thé.

On n'entendait qu'un seul bruit dans la pièce : le bruissement de la brise à travers la natte. Puis des ordres secs, des coups de feu et un cri étranglé.

« C'était quelqu'un qui ne connaissait pas l'histoire des trois petits singes », dit Kouang en se remettant à feuilleter les papiers et les dépêches rangés sur son bureau. « Vous pouvez partir maintenant, commandant. »

Dès que Corto fut dehors, un jeune officier chinois sortit de derrière un rideau de soie.

« Pourquoi l'avez-vous laissé partir, mon général ? demanda-t-il en agitant de fines moustaches parfaitement soignées.

— Pourquoi ? » Kouang sourit à sa manière horizontale en étirant ses lèvres de craie. « Simplement parce que Corto Maltese libre nous conduira sans le vouloir là où mille tortures n'auraient pas réussi à nous mener. Au train de l'or russe ! »

CHAPITRE 6

Shanghaï

Le soleil commençait à descendre sur les eaux boueuses du grand estuaire du Yang-tsé-kiang. Au bout de plus de six mille kilomètres, le fleuve qui arrive des immenses montagnes du Tibet se jette paresseusement dans la mer jaunâtre après avoir traversé presque toute la Chine.

Les quais du port de Shanghaï étaient serrés entre les grands hangars des chantiers navals, des dépôts de coton, de soie, de laine, de tabac, de pratiquement tout ce qui se transportait de l'Orient à l'Occident.

Corto Maltese était appuyé sur le garde-fou du pont métallique sur le Houang-pou, indifférent au coucher de soleil qui rougissait les poutres de fer, les énormes boulons et son propre visage. Il regardait l'eau lente qui se traînait derrière des embarcations de toute sorte et de toute taille : larges chalands à vapeur chargés de milliers de sacs de riz, petits sampans qui se balançaient pleins à ras bord de caisses d'oignons ou de feuilles de tabac.

Au milieu du fleuve, un cargo anglais s'avançait majestueusement en lançant de longs coups de sifflet et en émettant des nuages de vapeur par ses cheminées trapues : il voguait, suffisant, fier de son pavillon et du nom peint sur ses flancs : *The Blue Funnel Line*. Dans son long sillage, de petites barques sautillaient en le maudissant.

Un dernier rayon enflamma une vague soulevée par une jonque chargée de balles de laine et de peaux qui venaient du nord, tandis que Corto s'éloignait et traversait le pont, en direction de la ville déjà plongée dans la frénésie de la nuit.

Arrivé à l'adresse qu'il avait notée sur son paquet de cigares, il vit une élégante petite porte bleue. Elle portait une inscription en grands caractères chinois et une plaque de cuivre à côté donnait la traduction anglaise : « Bains et logements de Mme Tien Lin. »

D'après les instructions des Lanternes Rouges de Hong Kong, quelqu'un devait l'aider là à se rendre à Harbin en Mandchourie.

Il allait frapper sur le bois luisant quand la porte s'ouvrit comme par enchantement. Et ce qu'il vit était en effet un enchantement : des yeux où dansaient le vert et le noisette d'une forêt d'automne, un nez petit et régulier, retroussé avec malice, un casque parfait de cheveux de jais.

La jeune fille l'examina de bas en haut en s'arrêtant sur sa vareuse bleue, l'ancre des boutons dorés, le petit anneau qui brillait à son oreille gauche. Quand elle arriva aux yeux sombres, si noirs que l'on ne distinguait pas la pupille de l'iris, elle retrouva sa discrétion orientale, baissa la tête et chantonna sa formule de bienvenue :

« Bonsoir, marin, désires-tu un repas chinois complet ? une chambre ? de la compagnie ? Ici, tu peux tout avoir.

— Il me suffit de parler avec la propriétaire, je suis envoyé par les Lanternes Rouges de Hong Kong.

— Oh... Tu es Corto Maltese... » Les lèvres s'ouvrirent comme une fleur. « Viens, nous t'attendions.

— Vraiment ?

— Les Lanternes Rouges de Hong Kong nous ont prévenues. Tu vas te reposer un peu dans le bain par là, pendant ce temps je prendrai contact avec nos sœurs de Shanghaï. Viens ! » Elle l'entraîna dans une série de couloirs étroits éclairés par de petites lanternes de papier. On entendait faiblement une musique de fond constituée de flûtes et autres instruments à vent, ponctuée çà et là par une cascade très douce et chantante de clochettes caressées par le vent.

« Tu peux te déshabiller ici. Tu trouveras dans le bain deux jeunes Sibériennes : elles ne te dérangeront pas, à moins que tu ne le veuilles... »

Elle sortit avec une courbette discrète.

Quand Corto ouvrit la porte du bain il fut aussitôt enveloppé dans un nuage brûlant de vapeur.

Les deux jeunes Sibériennes s'inclinèrent et lui apportèrent une serviette. Elles se ressemblaient beaucoup, elles auraient même pu être jumelles. Elles étaient robustes et portaient un mouchoir rouge noué autour du front.

« Malédiction, comment peut-on rester dans un endroit aussi chaud ! Vous avez mis trop d'eau sur les pierres ! ! ! » grogna une voix basse et rauque avec un fort accent américain.

Bientôt, dans le nuage de vapeur, se dessina la silhouette de celui qui venait de parler : grand et bien planté sur des jambes arquées et musclées, un nez de boxeur, une casquette d'aviateur américain sur la tête, un gros cigare aux lèvres, un pistolet à la main. « Ah, je vois une autre victime de cette folie brûlante », dit-il au Maltais.

Corto resta interdit. Le bonhomme s'avançait d'un air plutôt cordial, nullement menaçant en dépit de l'arme qu'il tenait toujours dans la main droite.

« Je suis Jack Tippit, de l'armée de l'air américaine, bonjour. »

Corto lui sourit : l'homme devait être un fou sympathique et cela lui plut.

« Vous entrez toujours dans les bains de vapeur avec votre pistolet et votre cigare ?

— Pas toujours, l'ami, pas toujours. Seulement quand je ne sais pas où le laisser. » Il regarda son colt 1911 A1 avec affection et une sorte d'admiration, ou peut-être de reconnaissance.

« Quant à ça, il est éteint, comme il arrive toujours à un bon Connecticut Cigar.

— Et la casquette ?

— À dire vrai, je ne me l'explique pas moi-même. Vous m'avez posé plus de questions que nécessaire, vous ne croyez pas ? » Avec cette réflexion, l'expression souriante et sympathique s'était éteinte. « Vous, qui êtes-vous ? » Ses yeux disparurent dans un dédale de rides.

Corto baissa les yeux : le cou court et large et les pectoraux puissants de cet individu étaient vraiment remarquables. Bien qu'il parût la cinquantaine, c'était certainement un dur à cuire, même sans son artillerie.

« Je vois que vous portez un anneau à l'oreille gauche, qui êtes-vous, un bolchevik ? un anarchiste ? un révolutionnaire venu se refaire une virginité en Chine ?

— Vous aussi vous posez trop de questions. Ce que je suis, ça me regarde. Je peux seulement vous dire qu'un bon coup de couteau se donne toujours de bas en haut. »

Tippit regarda instinctivement vers le bas : les mains du Maltais étaient cachées par la vapeur et il ne lui parut pas utile de contrôler par lui-même le bien-fondé de cette affirmation. Il fit un grand sourire qui découvrit des dents jaunies, posa le pistolet sur le banc de bois et s'assit, invitant Corto à en faire autant.

« Du calme, je ne vous cherche pas noise, je suis seulement un peu fatigué, très fatigué, même. »

Il ôta sa casquette et, avec un soupir, tira en arrière à plusieurs reprises ses boucles blondes trempées et la peau de son front, comme pour effacer les rides qui le parcouraient, ou alors pour chasser les pensées qui se bousculaient dans sa tête.

Les deux jeunes filles sibériennes comprirent que l'on n'avait pas besoin d'elles et sortirent.

« Alors reposez-vous. Nous sommes là pour ça, non ? »

Corto s'étendit confortablement sur le banc en croisant les bras sous la nuque. Il savait que l'homme avait envie de parler, il suffisait d'attendre en silence : c'était bien mieux que de l'interroger directement, comme toujours, d'ailleurs, quand on veut obtenir les réponses les plus vraies.

« Impossible de se reposer quand on a une idée fixe.

— C'est vrai.

— Une femme fascinante, un train plein de cosaques ivres et d'assassins... » Jack Tippit commença à se laisser aller. Il avait le visage rougi, de grosses gouttes de sueur ruisselaient sur ses tempes.

« Un train ? quel train ? » Il ne restait qu'à canaliser le flot de ce qu'il avait à dire. « Je ne voudrais pas vous paraître indiscret mais une femme fascinante et un train chargé de cosaques ivres… ça me semble assez intéressant.

— Mais dans quel monde vivez-vous ? Vous n'avez jamais entendu parler de la duchesse Marina Semianova ? » Il le regarda en fronçant ses épais sourcils roux. Il transpirait comme une fontaine et avait encore à la bouche son cigare répugnant, tout mouillé à présent.

« Jamais.

— C'est une aristocrate russe qui parcourt la Sibérie de long en large dans un train blindé, en compagnie d'un cosaque dépravé, un certain Spasetov. Je les connais bien parce que les Américains doivent contrôler le Transsibérien, et avec mon avion j'assure la liaison logistique. En ce moment, je suis ici à Shanghaï pour trouver des pièces de rechange. Je vous en raconte des choses. Mais vous, que faites-vous ici ?

— Je m'appelle Corto Maltese et je dois aller à Harbin, en Mandchourie.

— Harbin ? répéta Tippit en souriant. Je dois y aller moi aussi, je pourrais vous emmener. » Deux fossettes apparurent sur ses joues. « Vous avez déjà pris l'avion ?

— Non, jamais, et c'est une expérience que je préférerais ne pas faire. Combien de temps mettez-vous avec votre avion pour arriver jusqu'à Harbin ?

— Deux jours en comptant les escales obligatoires aux postes de commandement que je dois visiter et les divers réapprovisionnements nécessaires. »

Ils sortirent du bain et s'essuyèrent. Corto Maltese se taisait. Tippit lui tapa sur l'épaule.

« Alors, vous voulez venir ?

— Eh bien, oui, je viens. Vous comptez rester longtemps en Sibérie ?

— Non, je ne pense vraiment pas, c'est une affaire perdue d'avance. »

Ils partirent sans parler vers le quartier général des forces armées américaines stationnées à Shanghaï. Leurs pas résonnaient dans les ruelles désertes : il n'y avait aucun bruit dans la nuit fraîche.

Le jour venait de se lever quand le major Jack Tippit entra dans le bureau des communications : le colonel Stillgood l'attendait avec les ordres et le plan de vol. Un bel homme, ce Stillgood : droit comme un i, des cheveux couleur de maïs bien pommadés, des yeux bleus très clairs soulignés par de petites lunettes d'intellectuel. Il présentait dans l'ensemble le type même de l'homme rusé et sournois de l'Intelligence Service.

« Jack, nous avons des nouvelles de ta duchesse. » Il marqua une pause pour exciter sa curiosité. « Elle est reçue par le général Semenov dans son train en Mandchourie.

— Ah, le général fantoche des Japonais...

— Fantoche ou non, c'est un homme dont il faut tenir compte. Si nous battons les rouges, les Japonais chercheront à soutenir un gouvernement à lui en Sibérie et notre Koltchak pourrait connaître le pire...

— Dans tant de subtilités et d'appuis politiques, où est-ce que je pourrai poser mes fesses quand je les aurai, malheureusement, décollées de mon avion ?

— Toujours aussi distingué, Jack. Tu dois seulement voler vers Harbin, surveiller ce train et ne pas te mêler des affaires privées des Russes. Suis-je assez clair ? Tu peux faire les yeux doux à ta duchesse mais tu ne dois plus jamais te risquer à donner des coups de poing à ses lieutenants, en particulier à Spasetov, compris ?

— C'est un dépravé repoussant. J'y étais obligé.

— Jack, même si c'était un maniaque sexuel, je m'en moque, c'est un officier, un homme de Semenov, et c'est ce qui compte. Je n'ai pas l'intention de compromettre une mission aussi délicate pour un vieux singe amoureux comme un collégien ! »

Il jeta les papiers sur le bureau et alluma une cigarette, puis il regarda Tippit droit dans les yeux et lui tendit le paquet. Tippit secoua la tête et fourra dans sa bouche son bout de cigare éteint.

« Jack, des intérêts trop importants sont en jeu et tout le monde est prêt à sortir ses griffes, des armées blanches aux bolcheviks et des Japonais aux Anglais. Nous sommes peu nombreux ici mais ces jours-ci se joue le destin de plusieurs pays et surtout celui de grandes richesses. Tu ne peux pas te permettre de créer des incidents diplomatiques précisément en ce moment. Nous, les Américains, devons nous soucier de défendre la démocratie.

— Je n'ai cassé que quelques dents à ce porc.

— Je sais que tu as encore un beau crochet, Jack, mais dorénavant fais plus attention. » Il écrasa sa cigarette dans un petit mortier de cuivre et pour donner plus de poids à ses paroles planta un doigt sur la main droite de Tippit posée sur le bureau. « Tiens-toi tranquille, Jack, sinon, la prochaine fois, tu devras te débrouiller tout seul. Rappelle-toi que ces hommes-là peuvent être très cruels et vindicatifs. Tu partiras dans deux heures. Maintenant va-t'en, ton avion est presque prêt. Bonne chance ! »

Tippit se mit au garde-à-vous et fit rouler son cigare dans un coin de sa bouche.

« Merci, mon colonel, et soyez tranquille, je serai doux comme un agneau. Une dernière chose : puis-je emmener un passager ?

— Qui est-ce ?

— Un Anglais, un marin du nom de Corto Maltese, c'est un type bien, il doit seulement arriver à Harbin.

101

— O.K., mais tu réponds de lui, Jack. Je te préviens ! »

Tippit se dirigeait déjà vers la porte en se balançant comme un cow-boy quand Stillgood le rappela.

« Jack !

— Mon colonel ?

— Je me demandais... la duchesse Semianova... comment est-elle ? »

Tippit secoua lentement la tête et ferma les yeux. Ses traits durs de molosse se détendirent et prirent une expression extatique.

« Elle est magnifique, mon colonel. »

Corto Maltese fumait, assis sur une marche. D'un mouvement du menton, Tippit lui indiqua leur avion autour duquel s'affairaient les mécaniciens puis il l'invita à le suivre dans le baraquement des officiers. Il ouvrit une bouteille de whisky et emplit deux grands verres carrés.

« Courage, marin, on part pour la Mandchourie, espérons que nous réussirons à distinguer nos alliés de nos ennemis. »

Ils vidèrent leurs verres, chacun plongé dans ses pensées.

Corto avait couru toutes les mers du monde sur toutes les embarcations imaginables et il se souvint d'une entre toutes : le sous-marin du lieutenant Slütter. Enfermé dans ce cigare d'acier, comme il s'était senti oppressé dans les profondeurs de l'océan Pacifique ! C'était à présent le tour de cet avion minuscule aux ailes de toile qui allait l'emporter dans le ciel de Mandchourie. Il tressaillait rien que d'y penser mais ce n'était pas de la peur, seulement du malaise, et non à cause de la nouveauté du moyen de locomotion mais plutôt parce qu'il était à la merci de Tippit et de cet engin vrombissant aux ailes fixées par des fils métalliques. « Je naviguerai dans l'air, se dit-il, où est la différence ? Je verrai des rizières, des déserts de pierres, des montagnes, des villages, les jonques sur les fleuves. Je serai dans le ciel, j'éprouverai cette émotion neuve... »

« Bon, dit tout à coup Tippit en posant bruyamment son verre sur la table, allons-y. » Il se leva, prit deux casques de cuir, deux paires de gants fourrés, deux paires de grosses lunettes bordées de caoutchouc et alla vers l'avion à grandes enjambées.

Quelques secondes plus tard, Corto Maltese le suivit.

Une bonne brise fraîche commençait à souffler et faisait vibrer en sifflant les câbles d'acier qui reliaient les ailes de l'appareil.

Ils mirent leur casque, leurs lunettes et leurs gants.

« Vous êtes vraiment très beau, dit Tippit en riant, vous ressemblez à ma tante.

— Tandis que ce coucou ressemble à une cage

à poules. » Corto considérait l'avion avec une certaine inquiétude.

« Vous voulez rire ? C'est un glorieux DH4 Dayton-Wright ! Il paraît fragile à cause de ses ailes, mais la structure de bois est robuste, très robuste, c'est moi qui vous le dis ! » s'exclama Tippit en donnant une tape sur le nez de l'appareil. Il montra le ciel d'un air songeur et ajouta : « Là-dessous il y a un moteur Liberty de Packard, douze cylindres et quatre cents beaux chevaux américains qui vont nous emporter docilement là-haut. »

Dans un grondement assourdissant le fragile aéroplane partit en sautillant sur la piste de terre accidentée, prit longuement son élan et, après quelques petites hésitations, s'éleva dans les airs. Il se cabra doucement en repassant deux fois au-dessus du camp et des têtes levées des aviateurs et des mécaniciens, puis il disparut derrière un nuage, vers le nord.

« J'ai le mal de mer », dit Corto Maltese.

CHAPITRE 7

Le Transsibérien

Le train blindé de la duchesse Marina Semianova avançait avec un bruit de ferraille en lançant des bouffées de fumée sur le long ruban du Transsibérien. La plaine onduleuse était gelée et déserte, un voile de brume froide flottait sur un paysage monotone, sans maisons, sans arbres ni aucune autre forme de vie : sur toute cette étendue infinie on n'apercevait que quelques rares buissons couverts de neige et courbés par le vent. La progression lente et majestueuse du gros *bronepoezd* emplissait ce cadre désolé de l'écho lointain d'un grondement et d'un long sillage de fumée.

Ce pachyderme monstrueux, articulé et revêtu de panneaux de béton, avait été construit dans les usines Putilov de Petrograd. Il abritait dans ses divers wagons de marchandises quatre canons — deux de 76 et deux de 150, montés sur des tourelles pouvant tourner à 360° — et huit mitrailleuses Palyemet Maxim à six cents coups-minute.

Devant la puissante locomotive, sur une plate-forme, se trouvaient une mitrailleuse lourde Hotchkiss, ses serveurs et un groupe de tireurs d'élite protégés par de nombreux sacs de sable.

Au centre du train était située la voiture de la duchesse, un spacieux wagon-lit transformé en salon rempli d'objets extrêmement précieux : icônes anciennes, étendards de toutes les armées fidèles au tsar, tableaux au lourd cadre doré accrochés aux murs ou entassés en piles bien rangées, meubles incrustés de différentes essences et de nacre, sculptures de bronze. Le sol était littéralement noyé sous une grande quantité de tapis de laine et de soie provenant de tous les coins de l'Asie : cette épaisse couche de tissu ainsi que les riches tentures des fenêtres étouffaient efficacement le bruit et isolaient le wagon du froid. L'un des murs était entièrement occupé par un dressoir imposant qui exposait une magnifique collection d'argenterie ciselée et de cristallerie, des théières, des samovars, des statuettes, des bas-reliefs, des monnaies, des médailles, des dagues à la garde ornée de pierres précieuses et toutes sortes d'autres objets scintillants.

Enveloppée dans un ample manteau de zibeline, la duchesse était assise sur une ottomane de velours et aspirait lentement un long fume-cigarette d'ivoire. Le major Spasetov tournait nerveusement autour d'elle, la tête baissée, les mains croisées derrière le dos, les sourcils froncés.

Marina venait d'avoir vingt-deux ans et elle était belle, d'une beauté aristocratique. Elle avait les paupières un peu lourdes, tous ses mouvements étaient lents et élégants ; elle se comportait comme si elle était habituée depuis toujours à écouter d'abord et agir ensuite, comme si elle vivait loin de tout dans un monde inaccessible à la majorité. Ce n'était de sa part ni arrogance ni vanité : la longue habitude du pouvoir et une grande énergie intérieure donnaient de la crédibilité à ce détachement qu'elles convertissaient en distance. Une distance réelle et impossible à combler ; non celle, fictive, qu'amène l'ostentation délibérée.

Quand elle fermait à demi les paupières, on pouvait mieux voir la beauté et la force des traits de son visage, la ligne régulière du nez, les pommettes hautes et marquées, la bouche fine et parfaite, mais, quand le vert de ses yeux s'ouvrait dans toute sa transparence, il était impossible d'échapper à un magnétisme qui venait de loin et qui n'avait plus rien à faire avec la beauté.

Spasetov s'assit à côté d'elle. Il portait la *tcherkeska*, l'uniforme bleu foncé des officiers cosaques : pantalon large de cavalier, enfilé dans des bottes souples sans talon, et tunique ample sur laquelle étaient cousues deux rangées de huit cartouchières argentées. Il portait à la ceinture le *kindjal*, long poignard recourbé, et un revolver étincelant, un Nagant 7,62.

Grand et sec, il avait des traits eurasiens ; les yeux noirs, la mâchoire carrée, des sourcils touffus aile-de-corbeau qui se détachaient sur une tête complètement glabre. Son regard perçant, vif, sournois, disait tout sur lui : son besoin de pouvoir était convulsif, contre nature, extrême.

« Spasetov, je n'ai pas grande confiance dans les alliés, je crois qu'au moment voulu ils nous abandonneront. »

La voix de Marina était distinguée, douce, avec une très légère note un peu rauque qui la rendait sensuelle.

« Nous avons tout intérêt à suivre le baron von Ungern-Sternberg ; avec lui nous organiserons la lutte permanente contre nos ennemis », dit le major. Puis il se leva pour se verser une dose généreuse de vodka dans un long verre cylindrique. Il le vida en une gorgée, inspira profondément, remplit de nouveau le verre et s'installa de nouveau dans son fauteuil.

« Ce juif ukrainien ami de Lénine dit lui aussi plus ou moins la même chose... "révolution permanente"... mais contre nous ! » s'écria la duchesse en fermant un œil pour observer de côté, à contre-jour, les reflets d'un gros diamant qui brillait sur l'un de ses gants noirs en peau souple.

« L'armée rouge a ses difficultés, et quand nous reviendrons d'Asie avec nos légions...

— Nous sommes tous trop divisés, y compris

entre nous deux. Vous, par exemple, Spasetov... »
La duchesse le dévisagea : « ... de quel côté êtes-
vous ? »

Le major sourit.

« Du vôtre, excellence, du vôtre, naturellement. Vous êtes une femme extraordinaire. »

Sous ses gros sourcils les pupilles étaient deux
points noirs en perpétuel mouvement.

« Retenez votre langue avec les dents que le
major Tippit vous a laissées, goujat. » Elle regarda
les pampilles de cristal du grand lustre au-dessus
d'elle.

« Qui sait où il se trouve en ce moment.

— Je ne sais qu'une chose : un jour, je le
tuerai !

— Oubliez cela, major. Continuez plutôt à me
parler du baron von Ungern-Sternberg. Il me
semble qu'il n'est pas tout à fait d'accord avec le
général Semenov. Notre Koltchak pourrait peut-
être l'utiliser contre Semenov. Qu'en pensez-
vous ?

— J'en doute. Semenov et Ungern se détestent
foncièrement, mais tous deux méprisent Koltchak. Non, je ne pense pas que l'amiral réussisse
à s'allier avec l'un ou l'autre. »

La duchesse continua à fumer en silence. Le
major tira de sa poche une petite boîte à cigares en
fer, il en choisit un avec soin et l'alluma à la
flamme d'une lampe à pétrole. Son ombre, ou
plutôt celle de sa grosse tête chauve, projetée par

la lumière sur le rideau, remuait au gré des oscillations du train et dansait, pensa Marina, comme le Hacivat, l'un des personnages du théâtre d'ombres turc, le Karagueuz.

« Le baron n'a qu'un seul but, fonder un empire asiatique et partir à la reconquête de l'Europe. C'est un fou, il se prend pour la réincarnation de Gengis Khan, il est convaincu que de la Mongolie partira la nouvelle Horde d'or qui dominera le monde, une nouvelle élite d'aristocrates guerriers. »

Le col montant qui ceignait le cou de la duchesse mit en valeur un superbe sourire enchanteur.

« Tout cela est délicieusement romantique.

— Oui, mais c'est une folie obscène, même si le baron peut servir notre cause.

— Spasetov, vous ne comprendrez jamais. »

Les soldats sur la plate-forme de tête étaient pelotonnés derrière les sacs de sable dans leurs lourdes capotes, mais le vent glacé s'insinuait par le moindre interstice, par les manches, le col, jusque par les boutonnières, et pénétrait jusqu'aux os. À tour de rôle ils levaient un peu la tête, leurs yeux dépassaient à peine le rebord pour jeter un regard rapide le long des voies. Le bruit de ferraille et le grincement des roues, le grondement de la locomotive étaient assourdissants, mais les soldats s'étaient habitués à cette vibration et ne l'entendaient plus : c'est ainsi qu'ils furent les premiers à remarquer un petit bruit qui s'était superposé au bourdonnement de fond.

Le sergent commandant le groupe de tireurs se dressa. Il retint sa casquette de la main gauche et mit l'autre en visière. Résistant aux gifles glacées des rafales de vent, il vit un point noir dans le ciel.

« Eh ! Il y a un avion là-haut, vite, il faut prévenir la duchesse ! » ordonna-t-il.

Après un long piqué, l'avion se mit de niveau avec le train qu'il se mit à remonter lentement. Les passagers de l'un et de l'autre pouvaient à présent s'observer avec leurs jumelles.

« Ce doit être beau de voir d'en haut, vous aimeriez voler, sergent Roudenko ? demanda le serveur Glouchov, une bande de mitrailleuse entre les mains.

— Non, je préfère avoir la terre sous mes pieds », répondit le sergent en faisant claquer l'obturateur de la grosse mitrailleuse.

Jack Tippit continuait à voler bas, parallèle au train. Corto suivait aux jumelles les mouvements des soldats et surtout des serveurs de la mitrailleuse : il se sentait mal à l'aise, suspendu ainsi en l'air à jouer la cible mobile.

« Ce doit être un des trains de Semenov ! » lui cria l'Américain. Puis il se retourna et vit que Corto fixait un point bien précis. « Vous avez remarqué quelque chose d'intéressant ?

— Votre duchesse, Tippit. Mais ôtez-moi d'un doute : comment un train russe peut-il traverser la Mandchourie ?

— Parce que la Mandchourie est contrôlée de fait par les Japonais et que Semenov et les autres *ataman* cosaques de l'amiral Koltchak sont leurs protégés. »

Entre-temps, Spasetov à son tour avait repéré avec ses jumelles le visage connu de Tippit.

« Cet avion américain vole hors de sa route », fit-il entre ses dents en contractant les muscles de ses mâchoires. La duchesse le regarda de travers et lui, sans même détacher les yeux de ses jumelles, répondit à la question que lui avait posée ce regard : « C'est le major Tippit ! »

Ils contemplèrent quelques secondes, en silence, l'avion fragile en équilibre dans le ciel de Mandchourie.

« Jack Tippit ! s'exclama la duchesse. J'aime cet homme », puis, dans un soupir, comme si c'était la chose la plus logique du monde : « Abattez-le ! »

Spasetov n'en croyait pas ses oreilles. Mais il était inutile de s'étonner d'un ordre aussi inattendu, l'important était de l'exécuter au plus vite avant que la duchesse ne change d'avis.

Il se précipita vers le sergent Roudenko. Le cosaque ferma l'œil gauche, et le bleu si clair de son œil droit se prépara à faire coïncider avec précision le long viseur de la Hotchkiss avec le fuselage du DH4. Quand le pouce remua, une pluie d'acier se déversa sur la structure délicate de l'avion en ouvrant de grandes déchirures sur ses ailes et sa carlingue. Un long jet d'huile jaillit de deux perforations, tourbillonna dans le vent et macula le petit pare-brise de Tippit, ses lunettes, son casque de cuir. Le bruit régulier du moteur se transforma en un hurlement de sirène désespéré et le petit appareil blessé à mort commença à perdre de l'altitude, enveloppé d'une épaisse fumée noire.

« Les sales brutes, ils nous ont touchés, nous perdons de l'huile... »

Tippit cherchait à manœuvrer de façon à incliner l'avion pour éviter que le jet ne continue à le frapper en plein visage, mais il était à présent tout couvert d'huile. Il ôta ses lunettes, se pencha et continua de piloter, la tête sur la poitrine. Le gémissement du moteur s'était fait plus aigu.

« Nous perdons trop d'huile, nous devons atterrir, accrochez-vous bien, Corto !

— Allez vous faire pendre, vous et votre avion... et votre duchesse ! »

Roudenko lâcha sa mitrailleuse et Glouchov lui leva maladroitement le bras gauche comme un entraîneur à son boxeur victorieux.

« Excellent tir, sergent, vous aviez raison, il vaut mieux avoir la terre sous ses pieds. »

Jack Tippit avait du mal à garder l'avion d'aplomb par rapport au sol. De longues flammes commençaient à sortir du moteur : il leur restait très peu de temps, l'avion allait exploser. Tippit savait parfaitement que tout dépendait de sa délicatesse et de sa précision.

Il passa rapidement le dos de la main sur ses yeux pleins d'huile, empoigna le manche à balai et sortit la tête pour regarder en bas : ils n'étaient qu'à une dizaine de mètres du sol. Il fallait évaluer avec exactitude le moment de l'impact et, dans la mesure du possible, faire en sorte de se poser sur un espace qui ne soit pas trop accidenté. Il fit descendre l'avion en regardant droit devant lui, il sentait dans ses mains les vibrations du DH4 comme un cosaque aurait senti le frémissement de son cheval. Les roues touchèrent terre avec un crissement de pneus, de pierres et de glace, puis l'appareil rebondit plusieurs fois, tel un caillou qui ricoche sur la surface d'un lac.

« Détachez votre ceinture, Corto, et préparez-vous à sauter », cria Tippit.

Les langues de feu qui sortaient du moteur étaient devenues plus longues, elles avaient déjà atteint la moitié du cockpit et l'écran de protection du pilote : Corto sentait les bouffées de chaleur lui effleurer les joues. L'air était imprégné de l'odeur âcre de vernis et d'huile brûlés.

La course du DH4 ralentissait mais, quand l'une des deux roues se prit dans un trou plus profond que les autres, l'appareil s'inclina brusquement, pivotant sur le train bloqué. L'aile inférieure frotta le sol et se brisa aussitôt, entraînant la rupture immédiate de l'aile supérieure. Envahi par les flammes, l'avion se mit à tournoyer comme une toupie mortelle.

Tippit et Corto sautèrent hors du cockpit et tombèrent pesamment.

Les ailes n'étaient plus que deux bouts de fer tordus et le poids de l'avant avait coincé l'avion dans une position absurde : il avait l'air d'être à genoux. Les couleurs du drapeau américain sur le gouvernail à l'arrière s'écaillèrent lentement, noircies par la fumée et la chaleur, et du glorieux DH4 ne resta bientôt plus qu'un squelette fumant. Tippit le contempla avec une profonde tristesse jusqu'à ce que, avec un terrible vacarme, il explose, envolé pour une dernière fois.

Pendant ce temps, le train s'était arrêté et les deux mitrailleurs étaient descendus avec quelques soldats pour vérifier ce qui restait de l'avion et de ses occupants. Glouchov, décomposé, courait sur ses longues jambes de girafe avec une allure dégingandée mais tellement efficace que l'athlétique Roudenko lui-même ne parvenait pas à le suivre.

« Mais pourquoi l'avoir abattu, sergent, les Américains n'étaient-ils pas de notre côté ?

— Je n'ai pas bien compris, Glouchov, c'est peut-être parce que la duchesse s'ennuyait », répondit Roudenko en haletant.

Corto Maltese venait à peine de se relever et se tâtait les bras, les jambes, la tête, étonné d'être encore entier, de n'avoir que quelques blessures superficielles. Il leva les yeux et vit le Russe armé d'un Mauser ; il le braquait sur lui mais son expression n'était pas menaçante, plutôt émerveillée : la bouche entrouverte, les yeux écarquillés de quelqu'un qui a vu un fantôme.

« Eh, vous, comment vous sentez-vous ? » demanda Glouchov.

Incroyable : d'abord ils les avaient mitraillés et abattus, et maintenant arrivait cette espèce d'individu ahuri qui lui demandait comment il se sentait. Il se sentait bien, sauf qu'il avait la rage au corps, trop de rage. Il avança d'un pas et lui lança un crochet au menton avec la force d'une massue. Glouchov tomba sans connaissance tandis qu'arrivaient Roudenko et les autres.

« Il vaut mieux que vous restiez calmes, ce serait dommage de gâcher la chance qui vous a épargnés après ce vol », ricana Roudenko.

Tippit s'approcha de Corto en boitant.

« Faisons ce qu'ils demandent.

— Non ! Arrêtez de me donner des conseils, Tippit. Chaque fois que je suis avec vous, tout va de travers.

— Mais nous venons tout juste de nous rencontrer. » Il sourit. « Je sais ce que l'on ressent après avoir été abattu. » Cette fois il rit de bon cœur. « De la rage, de la rage pure et simple.

— Vous êtes fou, Tippit, vous et vos alliés qui s'amusent à faire du tir à la cible. »

Les soldats russes interrompirent leur prise de bec et les accompagnèrent vers le wagon de la duchesse, baïonnette au canon. Tippit emboucha son mégot habituel.

« Vous voulez un Connecticut Cigar ? »

Corto ne répondit pas.

« Je suis navrée, major Tippit. Nous vous avons pris pour un avion bolchevique. Comment puis-je me faire pardonner ? Je souhaite que vous ne soyez pas trop en colère. Alors, puis-je espérer votre pardon ? »

Il n'était pas facile de ne pas suivre le mouvement de ces lèvres parfaites.

« Vous avez déjà mon pardon, duchesse, mais celui du gouvernement des États-Unis sera plus difficile à obtenir, il n'aime pas voir abattre ses avions. Comment allez-vous ? J'ai beaucoup pensé à vous pendant tout ce temps-là.

— Oh, moi aussi j'ai pensé à vous, Tippit, mais... » Les yeux de Marina s'étaient posés sur Corto, occupé à essuyer du dos de la main une goutte de sang qui lui coulait sur une paupière. « ... votre ami est blessé.

— Écoutez, vous m'accorderiez une grande faveur si vous évitiez de vous occuper de moi.

— Votre ami a mauvais caractère, major.

— Ah, n'en faites pas cas, il veut seulement se

donner de l'importance, mais en réalité il est très sympathique. Il s'appelle Corto Maltese. »

La duchesse ouvrit une boîte divisée en petits compartiments de bois de différentes tailles et choisit un fin cigare. Elle versa dessus quelques gouttes de cognac, le fit tourner entre ses doigts et acheva ce rituel en le portant à ses lèvres.

Spasetov se précipita pour l'allumer. Marina tira une longue bouffée, regarda le bout du cigare devenir rouge vif, baissa les paupières et les souleva de nouveau pour lancer un regard aigu au Maltais.

« Hmm... Kortouchka ! ! ! »

Elle se détourna et alla vers la porte du wagon. Le majordome la lui ouvrit avec une inclinaison de tête et elle, sans même se retourner, ordonna : « Spasctov, installez ces messieurs du mieux possible. » Puis, menaçante : « Tout près ! »

Quand elle se fut éloignée on entendit la violente secousse du train qui s'ébranlait, les chuintements de la locomotive et le grincement des roues. Les trois hommes restèrent muets quelques secondes. Puis le major Spasetov s'approcha de l'Américain et lui demanda d'un ton neutre de le suivre.

« Eh là, vieux Spasetov, mon grand ami, comme vous êtes devenu glacial... Corto, je vous présente l'un des plus grands fils de chienne qui soient au monde, le major Spasetov, des cosaques de l'Oussouri », dit Tippit le regard fixé sur l'homme. Bien qu'entraîné dans cette affaire, il était clair que Corto Maltese n'avait rien à y voir : personne ne lui avait accordé un regard et personne n'attendait de réponse de sa part. C'était une guerre qui ne le concernait pas. Une guerre des nerfs.

Les deux hommes se firent face en silence, lourds de toute la haine qu'ils avaient dans le corps. L'Américain ne tolérait pas la morgue et la duplicité insidieuse de son adversaire, et il lui opposait une ironie débonnaire ; le cosaque, de son côté, qui ne pouvait oublier la honte pour le tort subi et éprouvait une grande jalousie pour la fascination inconcevable que Tippit exerçait sur la duchesse, le méprisait de tout son cœur, le considérant comme un bouseux stupide, ignorant et vulgaire qui ne valait même pas la peine qu'on l'insulte.

Corto s'interposa. « Ne faites pas attention au major Tippit. Je ne me laisse pas beaucoup influencer par le jugement d'autrui. Spasetov, puisque, du moins en apparence, nous allons devoir être tous alliés contre un ennemi commun, dites-moi plutôt vers où se dirige ce train, j'aimerais le savoir.

— Il va à Tchita, dans la région de la Transbaïkalie. De là, vous pourrez atteindre votre destination. Si vous y arrivez sans encombre, bien entendu. »

Le compartiment où Corto et Tippit furent accompagnés était petit mais confortable. Il contenait deux lits superposés et deux fauteuils de velours à côté d'une petite table ronde. Une fenêtre laissait voir la plaine grise et solitaire.

« Vous connaissez la duchesse depuis long-temps ?

— Depuis août dernier. Je l'ai rencontrée dans une fête organisée pour souhaiter la bienvenue aux troupes américaines à Vladivostok. Les sot-tises habituelles, mais il y avait une débauche de caviar, de champagne et de duchesses. Vous vous seriez amusé, vous aussi.

— Il y aura d'autres fêtes, espérons-le. »

Corto n'était pas tranquille, il allait et venait nerveusement dans le petit compartiment et son visage trahissait mille autres pensées. Il écrasa son cigare dans un cendrier et dit brusquement :

« De toute façon, je dois essayer de descendre avant d'arriver en Sibérie, je vais parler à la duchesse.

— Descendre maintenant en Mandchourie signifie dans le meilleur des cas finir devant un peloton d'exécution du général Tchang Tso-lin, ou bien être torturé et massacré par les bandits mandchous. »

Corto avait déjà ouvert la porte.

« Mais je ne suis pas américain et encore moins

russe, ce devrait être plus facile pour moi de survivre dans ce chaos. »

Un soldat montait la garde dans le couloir. Corto s'approcha de lui et lui demanda s'il pouvait le conduire à la duchesse. Le soldat ne fit aucune objection et Corto le suivit le long du wagon.

Il n'avait pas pensé que ce serait aussi simple.

Bien que le train eût ralenti, les secousses étaient si fortes que le soldat oscillait d'un côté à l'autre du long couloir en prenant appui sur son fusil qui cognait bruyamment. Corto, habitué qu'il était au roulis des bateaux, marchait avec une grande aisance.

Quand il atteignit l'autre wagon, la duchesse l'accueillit avec un petit sourire.

« Oh, Kortouchka, vous me cherchiez ?

— Oui, excellence, je voulais vous demander une faveur. Je souhaiterais m'arrêter à la frontière sibérienne ou, mieux encore, avant, si possible.

— La Mandchourie est dangereuse, Kortouchka.

— Tout le monde me le dit, mais je dois aller à Harbin, j'y ai des amis.

— Une amie, sans doute ? » Elle sourit, honteuse de cette ironie inutile. « Je veillerai à vous aider, mais la frontière sibérienne est aux mains du baron Roman von Ungern-Sternberg, un monsieur qu'il vaut mieux éviter. Avez-vous du feu ? »

Corto approcha la flamme du cigare et du visage de Marina : il s'aperçut pour la première fois qu'elle était très belle.

« Qui est ce baron ?

— C'est un descendant direct des chevaliers teutoniques établis en Estonie au XIIe siècle. Sa famille a péri dans la révolution. » Elle remua les doigts et fit tomber la cendre par terre. « Il a créé avec son collègue cosaque Semenov le gouvernement provisoire de Transbaïkalie en mai 1918 à Tchita. Il doit être en train de se faire prédire son avenir par un sorcier crasseux quelque part en Sibérie. »

CHAPITRE 8
Semenov

Pendant ce temps, Semenov s'était rendu avec sa Cavalerie sauvage vers la frontière chinoise.

Quand le train s'arrêta aux abords de son campement, une centaine d'hommes revêtus des uniformes les plus divers l'entouraient déjà. La duchesse, Spasetov, Corto et Tippit se trouvèrent aussitôt au centre d'un petit groupe de cosaques en capotes sombres qui les escorta jusqu'au milieu du campement où se déroulait une fête en l'honneur du commandant.

Autour d'un grand espace de terre battue, des cosaques buvaient de la vodka et pariaient sur les vainqueurs des différentes *djigitovka*, des exercices à cheval d'une extrême difficulté. D'autres dansaient en sautant agilement entre les *chachka*, de longs sabres recourbés, au son des accordéons. Quelques Mongols rassemblés autour d'un grand brasier faisaient rôtir des gigots de mouton entiers et de gros morceaux de yak qui dégageaient une odeur forte et peu appétissante pour celui qui n'était pas habitué à manger cette viande très particulière, foncée et très dure.

L'*ataman* venait à peine de descendre d'un bond agile de la croupe d'un poulain qu'il avait réussi à dompter et prenait plaisir aux applaudissements de ses hommes qui le fêtaient. Il reconnut de loin la duchesse et alla à sa rencontre avec un grand sourire.

Marina sourit à son tour et arrêta l'Américain qui marchait auprès d'elle d'un geste lent de la main.

« Voici le commandant Semenov, chef des cosaques du Baïkal, surtout ne le provoquez pas, Tippit, il est très dangereux.

— C'est vrai, au quartier général on connaît bien sa réputation d'assassin. »

Tippit ralentit discrètement le pas et laissa la duchesse s'avancer seule vers Semenov.

« Ma chère Marina, tu as fait bon voyage ?

— Grigory, mon ami, j'ai fait un excellent voyage dans toute la Mandchourie. Les Chinois et les Japonais t'aiment beaucoup.

— Ils ne m'aiment pas, ma chère, ils se servent de moi parce que je leur suis utile. Tu ne m'as pas encore présenté tes amis.

— Le commandant Corto Maltese et le major Jack Tippit, de l'armée de l'air américaine.

— Corto Maltese... » Il l'observa comme s'il s'efforçait de se souvenir de lui. « Votre visage et votre nom me disent quelque chose.

124

— Et pourtant nous ne nous sommes jamais rencontrés, commandant. »

Semenov prit la duchesse par le bras.

« Viens, Marina, je veux que tu voies le cadeau que m'ont fait les Japonais. » Puis, comme s'il les avait oubliés momentanément, il s'adressa aux autres : « Venez vous aussi, messieurs, je suis sûr que cela vous intéressera. »

Ils firent une centaine de mètres en direction d'une voie secondaire et après avoir contourné une butte se trouvèrent devant un spectacle stupéfiant : solidement fixé à un wagon plat à double chariot trônait un énorme canon de 280, long de près de dix mètres, qui avait dû être démonté d'un navire. Il était impressionnant et Semenov le regardait avec beaucoup d'orgueil.

« Je vous présente *Le Destructeur* ! »

Un groupe d'une dizaine d'hommes, de garde auprès de la précieuse arme, se mit au garde-à-vous.

Semenov s'approcha de la lourde pièce d'artillerie et en vérifia avec satisfaction le parfait état d'entretien : elle reluisait, huilée dans ses moindres mécanismes.

« N'est-ce pas une merveille ? »

La duchesse Semianova considérait distraitement l'ensemble de roues, de boulons, d'échelles, de plaques de protection. Corto Maltese et le major Tippit échangeaient des regards plus perplexes qu'admiratifs.

« Avec mes trains blindés et mon *Destructeur* je peux protéger ma zone de toute l'armée bolchevique. » Il alluma un long cigare. « Pendant des années au moins. » Il semblait très sûr de lui. « Mes trains et mon canon...

— Ils sont trop lourds », l'interrompit Corto Maltese avec désinvolture. Semenov tourna immédiatement la tête vers lui et le foudroya du regard. « Et très lents, on peut les arrêter avec deux bâtons de dynamite. »

Tippit, son cigare éteint et un sourire de circonstance aux lèvres, le prit par le coude.

« Corto, on ne vous a jamais dit que les mouches n'entrent jamais dans une bouche fermée ? »

Le Maltais ne lui prêta aucune attention et continua à observer le gros canon, les chariots, la voie.

« Même pas besoin de dynamite, il suffirait d'enlever deux de ceux-là », ajouta-t-il en indiquant du pied un gros boulon qui attachait la traverse de bois à la voie.

Semenov ne daigna même pas lui répondre. Il le regarda sans colère en continuant à fumer, puis il se tourna vers le chef de la patrouille de surveillance, un cosaque de près de deux mètres.

« Toko, triplez la garde ! »

Il reprit le bras de la duchesse et s'éloigna.

« Grigory, je dois poursuivre mon voyage et rejoindre l'amiral Koltchak. Le major Tippit viendra avec moi, mais Corto Maltese doit se rendre à Harbin. Peux-tu l'aider ?

— Certainement, je m'en occupe.

— Tu t'en occupes... comment ?

— Sois tranquille, Marina, il n'arrivera rien à ton marin tant qu'il restera de ce côté-ci de la frontière. En territoire chinois, c'est une autre histoire, tu le sais. Là-bas je ne peux pas le protéger. »

Un officier portant l'uniforme de l'armée russe arriva au galop sur un cheval gris et s'arrêta à quelques pas de Semenov. Il sauta à terre et tendit une dépêche roulée dans un étui de cuir. Semenov l'ouvrit et se mit à lire avidement, puis son visage s'éclaira.

« ... général Youdenitch poursuit marche victorieuse sur Petrograd, troupes général Denikine en route pour Moscou. Conserver contrôle sur ligne de Transbaïkalie et frontières avec Mongolie et Mandchourie sans prendre initiatives personnelles, attendre dépêche ultérieure pour rencontre prévue bifurcation de Karymskoïe. Signé : amiral Koltchak. »

« Bien, bien, le grand jour approche », conclut-il. Il effleura la main de la duchesse. « Marina, je dois te laisser, le devoir m'appelle. Ne t'inquiète pas, je m'occuperai du marin. Je souhaite te revoir au plus vite, en une meilleure occasion et dans une atmosphère plus agréable. »

Quand Semenov fut loin, la duchesse s'approcha de Corto Maltese. Dans le silence qui se fit entre eux se bousculaient de multiples pensées.

« Kortouchka, chuchota-t-elle en baissant la tête, nous devons nous quitter, le major continuera avec moi. Prenez garde à Semenov, essayez de vous éloigner le plus vite possible sans vous faire remarquer. J'espère vous revoir, un jour.

— Moi aussi. »

Tippit arriva, son immanquable Connecticut Cigar entre ses lèvres souriantes. Il tapa sur l'épaule de Corto.

« Si vous avez besoin d'aide, vous pouvez me trouver à Irkoutsk, c'est au-delà du lac Baïkal, j'aimerais vous le montrer d'en haut. Il y a près de la cathédrale un excellent restaurant avec un saumon imbattable. À bientôt !

— Au revoir, Jack ! »

Le village, situé exactement dans la zone frontière entre le territoire chinois de la Mongolie intérieure et la Sibérie orientale russe, grimpait sur les pentes d'une paroi rocheuse dépouillée, tandis que plus bas, dans une gorge profonde ignorée du soleil et battue par un vent glacé, courait l'Argoun, c'est-à-dire le cours supérieur du grand fleuve Amour, le fleuve Noir.

L'endroit paraissait abandonné, il n'y avait pas une âme. Dans les rues, rien que de la boue durcie par le gel. Corto Maltese marchait en rasant les murs décrépis pour tenter d'entendre une voix humaine, mais ne lui parvenaient que le sifflement des rafales de vent et le grincement d'un volet décroché qui pendait de travers, en piteux état. La nuit et surtout le froid tombaient rapidement.

Après avoir tourné le coin d'une petite rue déserte, il sentit une faible odeur de bois brûlé. Il se mit à suivre ce vague signe de vie et au bout d'une centaine de mètres il vit au loin une patrouille de soldats chinois. Ils avaient allumé un feu dans un grand baril de fer et se réchauffaient autour ; ils fumaient en échangeant peu de mots, tout emmitouflés dans leur uniforme matelassé et leur toque de fourrure qui leur couvrait les oreilles.

Corto releva le col de sa vareuse, tourna l'angle dans le sens inverse, s'adossa contre le mur et alluma un cigare.

« Corto Maltese ! » entendit-il. Une voix venue de l'obscurité l'appelait.

L'homme qui avait parlé fit un pas en avant et la lueur pâle de la lune l'éclaira. C'était Spasetov : avec sa longue capote sombre et son colback noir il ressemblait à un spectre. On ne voyait de lui que la couleur jaunâtre de son visage et l'éclat métallique du Nagant dont il menaçait Corto.

« Ah, Spasetov. Que faites-vous là, vous me suivez ?

— Le général Semenov m'a chargé de vous

tuer dès que vous auriez franchi la frontière chinoise, dit-il d'une voix lente et monocorde. C'est un homme de parole.

— Et pourquoi devriez-vous me tuer ?

— Vous ne lui êtes pas sympathique, vous avez dit du mal de ses trains, et vous ne me plaisez pas à moi non plus. Maintenant c'est votre tour, et dans quelques jours ce sera celui de votre ami Jack Tippit. Ne craignez rien, je ne vous ferai pas souffrir. Adieu. »

Sans un mot de plus, il appuya sur la détente.

Sur son visage froid et plein d'assurance se lut une expression d'authentique surprise quand le pistolet s'enraya. Avec un sens parfait de l'à-propos Corto Maltese se jeta sur lui, le saisit à la gorge et serra avec toute la force que lui fournissait l'adrénaline accumulée dans son système. Il continua jusqu'à ce que l'arme tombe de la main du Russe et que son corps ait cessé de lutter. Il ramassa instinctivement le pistolet et sourit : c'était un défaut caractéristique du Nagant de s'enrayer pour un grain de poussière.

Il abandonna l'homme dans la rue noire et déserte et avec une extrême circonspection se pencha au coin pour vérifier la présence des soldats chinois. Ils étaient toujours autour du feu : pour eux, c'était une nuit calme.

Il partit en courant, ses pas résonnaient dans le

silence. Quand il s'arrêta, l'écho demeura entre les murs de la ruelle. Il n'y avait aucun autre bruit : personne ne l'avait suivi. Il remarqua soudain que d'une petite rue qui montait vers la partie haute du village venait une faible lueur rougeâtre : une lueur tremblante, comme celle d'une flamme agitée par le vent. Il se dirigea vers elle avec beaucoup de précaution, silencieux et agile comme un chat. Il s'abrita derrière un tas de pierres et jeta un œil : il vit une petite lanterne rouge posée contre un mur, mais il n'y avait personne. Il se leva et avança un peu plus : la ruelle pavée continuait à monter et il y avait une autre lanterne rouge plus haut. Il s'agissait sans aucun doute de signaux, elles indiquaient un chemin à suivre. Il regarda encore une fois autour de lui et se mit en route. Arrivé à la deuxième lanterne il en vit une autre, puis, plus haut, une quatrième, et ainsi de suite jusqu'à un escalier de pierre qui conduisait à la porte d'une maison.

Il alla plus loin pour s'assurer que les ruelles étaient désertes : personne. Il revint sur ses pas et se cacha dans l'obscurité d'un porche d'où il pouvait voir l'escalier. Il s'assit, mit le cigare éteint entre ses lèvres et attendit. Il n'entendait que le sifflement froid du vent. Alors il se décida, monta l'escalier et frappa.

La porte s'ouvrit sur une jeune Chinoise qui lui sourit et lui fit signe d'entrer.

« Bienvenue, Corto Maltese ! »

Son visage ne lui était pas inconnu.

« Eh, mais nous..., commença Corto en essayant de se rappeler où il l'avait vue.

— Oui, je t'ai aidé sur la jonque. »

« Diable, je n'y comprends plus rien », pensa Corto.

« Il y avait un de mes amis sur cette jonque.

— Je sais, ton ami...

— Tu as de ses nouvelles ?

— Non, je regrette. Je l'ai perdu de vue après l'explosion. Mais viens donc, on t'attend ! »

À l'intérieur, il n'y avait qu'une table ronde, une lampe à pétrole, deux chaises, une bouteille de saké et deux petits godets de faïence. Une femme chinoise était assise à la table.

« Nous nous retrouvons enfin !

— Nous nous connaissons ? » demanda Corto en s'asseyant face à elle.

La femme versa l'alcool transparent dans les deux verres et regarda Corto en silence. Il alluma son cigare et souffla une grande bouffée.

« Que faites-vous ici ? Je ne savais pas que les Lanternes Rouges s'aventuraient tellement au nord.

— Nous nous aventurons aussi loin que se trouvent nos intérêts. »

Elle était belle, mais il y avait de la dureté dans son regard et sa façon d'être. Elle avait la détermination de celui qui est prêt à tout pour surmonter les obstacles qui lui barrent la route.

« Je vois, je vois, bredouilla Corto en savourant son saké.

— Le train de l'amiral Koltchak se trouve en ce moment à Verchné-Oudinsk, au-delà du lac Baïkal. La ville est aux mains des Américains, mais la voie ferrée est dans celles des Tchécoslovaques et de Semenov. Il est déjà prêt à déclencher son attaque pour s'emparer de l'or. » Elle se tut un instant puis porta le godet à ses lèvres et le vida d'un coup. « Il n'y a pas de temps à perdre, Corto Maltese, tu dois agir avant que le train n'arrive à Mandchouli. »

Corto ne dit rien et le silence fut troublé par une mélodie qui provenait d'une pièce voisine : quelqu'un pinçait délicatement un instrument à cordes. La femme poursuivit :

« Les Lanternes Rouges te préviennent que le général Kouang a lui aussi envoyé ses agents pour profiter de ton travail. Il y a beaucoup de dragons sur ta route, Corto !

— Qui joue à côté ?

— Un officier russe, il s'appelle Vania Iaroslav, il ira avec toi. Va faire sa connaissance, je t'ai déjà dit tout ce que j'avais à te dire. »

L'officier était assis par terre sur une couverture de fourrure ; il avait une barbe rousse soignée, les cheveux lisses et blonds, un visage long et noueux, des yeux d'un bleu très clair. Il jouait de la balalaïka en accompagnant la mélodie d'un grognement étouffé. Par terre, à côté de lui, une bouteille de vodka presque vide.

« Salut, marin, vous voulez boire ?

— Non merci, pas maintenant.

— Et pourquoi ? Tôt ou tard nous devrons boire ensemble. J'avais grande envie de vous connaître, le destin a voulu que nous tombions amoureux de la même femme. Vous avez eu davantage de chance, moi, j'ai perdu mon âme. »

Un éclat étrange flottait dans ses yeux : non pas celui d'un homme ivre mais celui de quelqu'un qui poursuit une vision nette et douloureuse et se laisse emporter par la douceur du monde nébuleux et lointain qu'il a connu.

« Dites, major, que me racontez-vous là, un conte ?

— Peut-être, mais ce conte est désormais tout ce qui me reste d'elle, et même de moi, au fond. »

Les deux Lanternes Rouges entrèrent en courant dans la pièce. Celle de la jonque, la plus jeune, portait un long manteau et un colback de fourrure : elle semblait prête à sortir. L'autre dit d'une voix altérée :

« Cette maison n'est plus sûre, vous devez partir immédiatement. Adieu, Corto Maltese, il neige dehors, c'est le meilleur moment pour vous en aller.

— Et eux deux ? demanda Corto en indiquant

la jeune femme vêtue de fourrure et l'officier russe.

— Pourquoi t'inquiéter ? Elle t'a déjà sauvé la vie une fois et Vania dit que quelqu'un que tu connais lui a volé son âme, ils sont sans doute liés à ton destin. »

Le Maltais n'eut pas le temps de réfléchir à ces paroles. Les nombreux morceaux d'une mosaïque compliquée auraient pu se recomposer en un dessin plus clair si ses réflexions n'avaient été interrompues par le courant d'air froid qui venait de la porte : la jeune fille était déjà dehors et l'appelait. Il la rejoignit avec l'officier russe.

« Il sera facile de passer la frontière. Avec cette neige, même les sentinelles se seront mises à l'abri.

— Il fera froid pour nous aussi. » Corto la regarda dans les yeux. « Comment dois-je t'appeler ?

— Par mon nom : Shanghaï Lil. »

CHAPITRE 9

Un train chargé d'or

Dans le silence de la nuit les gros flocons de neige se posaient doucement par terre, aussitôt engloutis par le tapis immaculé qui recouvrait tout. La lune et les étoiles étaient elles aussi noyées d'un halo blanc qui semblait vouloir protéger ce paysage avec la délicatesse d'une cloche de verre.

Corto, Vania et la jeune fille avançaient lentement sur la couche de neige aussi fine et impalpable que du sable, laissant derrière eux les petits nuages de buée de leur respiration et l'écho sourd de leurs pas traînants.

Ils traversèrent tout le village en silence, le col relevé, la visière sur les yeux, les mains enfoncées dans les poches. Puis ils se dirigèrent vers la steppe tandis qu'un vent violent qui leur arrivait de face fouettait leurs joues par rafales de neige gelée.

À l'abri du mur de la dernière maison du village, les yeux noirs des deux Chinois suivaient leurs mouvements.

« Il faut aviser le général Kouang, dit le premier.

— Et les deux qui le suivent, qu'est-ce que nous en faisons ? » demanda le second. Une longue cicatrice qui lui traversait la moitié du visage, du côté gauche de la bouche jusqu'à la pommette droite, lui imprimait un faux sourire nullement rassurant, une grimace permanente qui remuait quand il parlait.

« Ils doivent faire partie de son plan. Quand ils se seront emparés de l'or de Koltchak, nous les tuerons.

— Ils vont certainement prendre le train pour Tchita de l'autre côté de la frontière. Allons-y, nous devons y arriver avant eux. »

Corto, Vania et Shanghaï Lil fendaient à petits pas l'obscurité de la nuit que la blancheur éblouissante de la neige ne réussissait même pas à éclairer.

Shanghaï Lil rompit soudain le silence.

« Le train pour Tchita va bientôt partir, il faut nous dépêcher. Corto, tu devras te déguiser pour que Semenov ne te reconnaisse pas.

— En effet... Semenov. J'ai quelque chose à lui dire.

— Semenov est le pire ennemi et le pire ami que l'on puisse avoir. C'est un véritable assassin », remarqua Vania à mi-voix. Il marchait la tête baissée en fixant d'un regard absent le bout de ses bottes qui s'enfonçaient dans la neige, tandis que les flocons de plus en plus gros blanchissaient son manteau de fourrure et sa casquette d'officier.

« Ce n'est pas moi qui ai cherché à le voir, il m'a été présenté par la duchesse Marina Semianova.

— Elle est belle la duchesse ? demanda le Russe.

— Eh bien, plutôt, oui !

— Qu'avez-vous dit ? » demanda encore Vania d'une voix distraite. Son ton était devenu plus distant mais Corto, plongé dans ses pensées, n'y fit guère attention.

« J'ai dit que oui. Quand on est près d'elle c'est comme si on était près de quelque chose de tiède. C'est ça, elle me fait penser à du miel tiède. »

Ils poursuivirent leur route sans parler, en file indienne. Au bout de quelques minutes Corto se retourna et ne vit plus personne : Vania et Shang-haï Lil avaient disparu dans le néant. Il rebroussa chemin et les appela à plusieurs reprises sans obtenir de réponse. Où qu'ils soient, se dit-il avec tristesse, la neige a recouvert leurs traces : il était impossible de les retrouver. La faible lueur de la lune, libérée tout à coup d'un nuage, éclaira le paysage désolé d'arbustes courbés sous la neige et il lui sembla entrevoir au loin une vague silhouette qui avançait vers lui. À mesure qu'elle approchait il commença à distinguer la stature, la grande barbe noire.

« Raspoutine ! ? Que le diable t'emporte !

Comment es-tu arrivé jusqu'ici ? Tu as sauvé ta peau une fois encore. Je te croyais mangé par les poissons, mon ami !

— Tu me sous-estimes toujours, c'est ta grande erreur. Cette rencontre se fête, tiens ! » fit Raspoutine en lui tendant une boîte en fer et une bouteille qu'il avait tirées d'une poche de son lourd manteau.

— Qu'est-ce que c'est ?

— Ça vient de chez moi : du caviar Bélouga et de la vodka, le meilleur de notre sainte mère Russie avec l'or du train que nous allons voler ensemble.

— Tu simplifies, Ras. Si tu savais le nombre de personnes qui se préparent à...

— Buvons à l'or de Russie ! » Raspoutine porta un toast en levant la bouteille vers le ciel. Il but longuement, avec avidité, puis il respira à fond, satisfait. « Bois toi aussi à cette nouvelle aventure, Corto !

— Je ne comprends pas, dit Corto en refusant la bouteille. Il y a un instant j'étais encore avec deux amis. Ils se sont volatilisés.

— Tant mieux pour eux, et rappelle-toi que tu n'as qu'un seul ami ici, et c'est moi ! Allons-y. »

Corto resta immobile et le regarda gravement dans les yeux. Il essayait d'imaginer comment il avait réussi à le retrouver : il allait lui poser une question mais le regard halluciné de Raspoutine l'arrêta ; il renonça alors et se mit à rire, doucement d'abord puis de plus en plus fort jusqu'à entraîner le Russe.

« Corto, mon ami, nous avons encore tout un monde d'aventures à connaître ensemble ! Rien ne pourra nous arrêter, aucune armée, aucune secte chinoise, pas même cette maudite neige.

— Tu es un fou, Ras, un fou sympathique ! »

L'énorme locomotive avançait dans le froid de cette nuit sans étoiles et les lumières aux fenêtres des wagons rayaient par intermittence le brouillard qui noyait la steppe déserte.

Afin de se détendre les nerfs préalablement à une entreprise audacieuse et inconsidérée, Semenov avait besoin de trois choses : le luxe, la cocaïne et les femmes. En l'occurrence, il ne lui manquait rien.

Pour ce qui était du luxe, son wagon était chauffé par deux poêles et, comme s'ils ne suffisaient pas, des tentures de velours arrêtaient les courants d'air venant des portières ouvertes pour les quatre mitrailleuses lourdes posées sur des béquilles. Dans son appartement aménagé au fond du wagon, il y avait, chose étonnante, assez de place pour des divans élégants, des tapis de soie, un lit gigantesque, une cage avec des perroquets et une crédence chargée d'une grande variété de plats, de vins et d'alcools. L'ensemble respirait une atmosphère d'opulente richesse orientale où le reste du monde semblait lointain : la guerre, le froid, le bruit même du train.

La cocaïne était à portée de main dans un étui sur la table de nuit et, quant aux femmes, deux belles jeunes filles étaient étendues contre lui, vêtues seulement d'une fourrure jetée sur les épaules. L'une, toute menue et gracieuse, fumait en lui caressant les cheveux, le regard perdu dans le vide ; l'autre, plus éclatante et plus plantureuse, dormait la tête appuyée sur sa poitrine.

On frappa à la porte et un officier à la moustache touffue fit son rapport sans manifester le moindre embarras devant cette scène qui lui était devenue habituelle.

« Mon commandant, on nous communique que les Américains contrôlent le chemin de fer à l'entrée de Tchita !

— Les Américains ? » Semenov fronça les sourcils, surpris, puis, en réfléchissant, il ferma les yeux et fit tourner son cigare entre ses doigts. « C'est bizarre, je croyais que c'étaient les Japonais. » Ses lèvres s'ouvrirent en une sorte de sourire. « Quoi qu'il en soit, c'est le nœud ferroviaire de Karymskoïé qui nous intéresse. » Il écarta brusquement la tête de la fille qui sommeillait sur sa poitrine. « Nous attendrons là-bas le train de Koltchak, informez les autres. »

Il se leva et se versa une coupe de champagne glacé, puis, remarquant que l'officier gardait les yeux fixés sur les seins splendides de la fille qui

descendait du lit, il le toisa sévèrement et ajouta :
« Assurez-vous que la voie ferrée de Karymskoïé à
Mandchouli soit libre pour notre retour. Ce sera
tout. Vous pouvez disposer.

— À vos ordres, mon commandant ! »

Quand la porte se referma, la fille bâilla, s'étira
avec des mouvements sensuels et s'approcha de
Semenov en se déhanchant comme une chatte.
Elle avait des formes opulentes, peut-être trop
vulgaires pour un visage aussi doux et aussi
enfantin.

« Grigory, demanda-t-elle d'une voix ingénue,
qu'est-ce que les Américains font ici ? »

Semenov but une grande gorgée de champagne
et fit claquer sa langue.

« Les Américains ? » Il ricana en montrant une
canine. « Ce sont des yids, des juifs de Wall
Street ! Leur président, Woodrow Wilson, a
trouvé une bonne raison, c'est que les Russes lui
doivent un milliard de dollars, et il a envoyé un
corps expéditionnaire ici en Sibérie pour nous le
reprendre. Ils racontent l'histoire autrement,
mais ce ne sont que des prétextes pour justifier
leur présence en Russie. Tu sais une chose,
Olga ? » Il lui effleura le sein avec la coupe glacée,
la fille se mit à rire et recula en se couvrant avec les
mains. « Le baron von Ungern a raison quand il
assure que les yids veulent se partager le monde.
Marx, Lénine, Trotski, ce sont tous des juifs subversifs et bolcheviques. Capitalisme et révolution
sont entre les mains des yids.

« — Ma famille aussi est juive, Grigory », dit la fille d'un air triste. Elle était très jeune, elle devait avoir dix-huit ans.

« Oui, et je l'ai sauvée d'un pogrom. Mais tu l'as peut-être oublié. » Il laissa tomber la coupe de cristal et d'un geste rapide et violent prit la fille à la gorge.

« Non, Grigory, seulement... je pensais...

— Comment ! tonna-t-il. Tu te mets à penser à présent ? Ah, Olga, Olga. » Il serra plus fort le cou mince. « Quand un objet veut devenir sujet... » Une grimace de douleur et de terreur transforma le visage de la fille. « ... alors cet objet ne sert plus à rien. »

Il continua de serrer jusqu'à ce qu'il voie que la vie, l'énergie avaient abandonné le corps robuste qui n'était plus qu'un poids. Et tel un fardeau désormais inutile il le laissa choir avec un bruit mat, encore assourdi par l'épais tapis précieux. Puis il tourna les yeux vers l'autre fille qui était restée muette sur le lit.

« Et toi, tu veux finir de la même façon ? Tu es aussi une libre-penseuse ?

— Je viens à peine d'arriver », répondit-elle d'une voix douce.

« Mais elle est très belle, pensa Semenov. Une femme ne sert à rien d'autre. » Il se recoucha et alluma un cigare.

« C'est juste. » Il saisit son visage d'une main, sous les pommettes, délicatement mais avec fermeté. Il la regarda droit dans les yeux en lui renversant la tête en arrière comme s'il voulait en scruter l'intérieur, puis il laissa glisser doucement ses doigts sur ses lèvres. « Je ne sais même pas comment tu t'appelles, ni comment ça se fait que tu sois ici.

— Je m'appelle Shanghaï Lil et je suis montée avec un de vos officiers, le major Vania Iaroslav. Ensuite, l'un de vos aides m'a dit de venir vous voir ici.

— Ah, le major Iaroslav, ce fou auquel on a volé l'âme. Il disparaît de temps en temps pour aller la chercher mais un jour je la lui accrocherai moi-même. » Il ébaucha un sourire qui s'éteignit aussitôt. « Ainsi, tu t'appelles Shanghaï Lil. Tu te trouves bien au nord pour une fille de Shanghaï. »

Il s'étendit contre elle, se mit un coussin sous la tête, étendit le bras et effleura avec douceur le cou gracile. Il sentait les veines battre à un rythme lent et régulier.

« Que cherches-tu par ici ? Tu ne sais pas que dans ce genre d'endroit on meurt avant de trouver ?

— Je cherche un dragon doré », répondit Shanghaï Lil et le battement de son cœur resta le même, calme.

Semenov sourit, lui prit la main et la porta à ses lèvres en la couvrant de baisers.

« Un dragon doré ? Tu n'es visiblement pas très normale toi non plus. Assez parlé maintenant, dit-il en fermant les yeux, caresse-moi la tête, j'ai envie de dormir un peu. »

À quelques wagons de là, plus en avant du train, Corto Maltese et Raspoutine étaient tombés sur un capitaine de la garde de Semenov et essayaient de lui faire croire qu'ils se trouvaient là en qualité de conseillers militaires pour les troupes alliées des cosaques sibériens et des Mongols. L'officier se montrait soupçonneux et n'en croyait naturellement pas un mot.

« Montrez-moi vos ordres de mission, je vous prie.

— Nous... »

Heureusement, la porte du compartiment s'ouvrit et le major Vania apparut.

« Un moment, capitaine. Je réponds de ces messieurs. Vous pouvez disposer !

— Bien, major. » Le capitaine prit congé, peu convaincu mais, dans le fond, soulagé.

« Un officier cosaque n'est pas assez bête pour ne pas comprendre quand on se moque de lui, dit Vania à Corto. Que vous est-il arrivé l'autre nuit ? Vous avez disparu dans la tempête.

— Je disparais toujours dans les tempêtes de neige, c'est plus fort que moi. Mais vous, comment allez-vous ? Et la jeune Chinoise ? Elle est encore avec vous ?

— Oui, elle est dans le train. Elle a réussi à

approcher le commandant Semenov, c'est une femme courageuse. » Il observa attentivement Raspoutine. « Votre ami... »

Corto s'adressa d'abord à l'un puis à l'autre.

« Le capitaine Raspoutine, mon associé dans cette entreprise. Le major Vania Iaroslav, lié aux Lanternes Rouges, bien que je n'aie pas encore bien compris dans quelle mesure. Voulez-vous me l'expliquer ?

— Le fait que nous nous trouvions tous dans ce train et que nous soyons encore en vie, prêts pour le grand jeu, explique pourquoi les Lanternes Rouges ont demandé mon aide. J'ai accepté par choix politique, et non par lucre si c'est ce que vous voulez savoir. Je pense qu'il vaudrait mieux maintenant que vous vous cachiez.

— Cela ne me paraît pas utile, fit Corto en étendant le bras. Semenov ne nous cherchera sûrement pas ici, dans son propre train.

— Bien dit, Corto », remarqua Raspoutine. Il jeta un coup d'œil sur le major russe et surtout sur l'expression d'aristocrate détaché qui restait peinte sur son visage. « Mais je voudrais ajouter deux mots à l'intention de cet officier qui croit avoir la conscience tranquille pour la simple raison qu'il a fait un choix politique. Je suis ce que je suis parce que j'apprécie les femmes et les belles choses. Tout ce qui coûte cher. Aussi, pour me le procurer...

— En somme, vous êtes un voleur », fit Vania

avec indifférence. Il n'y avait aucune provocation dans sa voix, rien que de l'indifférence, précisément. Il donnait l'impression de vivre dans des limbes où il se plaisait à flotter seul, plongé dans une mélancolie romantique ostentatoire.

« Certainement, mais à la différence de certains hommes qui disent poursuivre un noble idéal et s'enrichissent pendant ce temps sur le dos des masses en accumulant de l'argent dans les banques suisses, je dépense tout ce que je vole, je fais circuler l'argent, des tas de gens sont gagnants avec ce que je dépense après un vol. J'appartiens à une lignée illustre, moi : Robin des Bois, Dick Turpin, Dominique Cartouche, Stenka Razine, vous n'en avez jamais entendu parler ?

— Raspoutine, je dois admettre que tu es parfois très sympathique, dit Corto en regardant par une petite fente la steppe qui s'étendait comme une mer infinie, mais je vous informe qu'il y a un train devant nous. » Il toussota. « C'est le train de l'or russe ! »

Sur ce tronçon de voie ferrée couraient deux voies parallèles qui se rejoignaient au bout de quelques kilomètres. Les deux trains qui avançaient dans des directions opposées allaient bientôt se trouver côte à côte. Un officier annonça à la duchesse Marina Semianova :

« Excellence, le *bronepoezd* de Semenov arrive. »

Elle fit une petite moue et baissa les paupières.

« C'était à prévoir. Dommage que l'amiral Koltchak ne soit pas avec nous dans ce train pour défendre l'or de Russie. Nous avons hérité d'un grave problème. » Elle soupira. « Mais sans doute est-il plus juste de mourir ainsi, volés et tués par l'un des nôtres, plutôt que d'être jugés par un tribunal populaire composé de cheminots et de paysans. » Son regard erra dans le vide, perdu dans cette rêverie triste et désolante, mais il revint, farouche. « Avançons, lentement ! » ordonna-t-elle.

Les hommes massés dans le premier wagon observaient avec inquiétude la progression du train de Semenov. Plus que son museau d'acier massif strié de neige et de boue qui fendait l'air comme le bec d'un aigle, ils redoutaient ce qui se trouvait derrière lui : la Cavalerie sauvage, cruelle et impitoyable.

Le sergent Roudenko étreignait les poignées de la mitrailleuse et son aide Glouchov essayait de réchauffer ses mains transies en soufflant dessus pour les rendre plus agiles, prêtes, en cas de nécessité, à diriger avec des mouvements rapides et précis la bande de projectiles dans son logement.

« Semenov est un dur à cuire, grommela Roudenko en crachant un morceau de chique.

— Mais c'est un ami de la duchesse, non ? répliqua Glouchov qui continuait à souffler sur ses mains.

— Celui-là n'est l'ami de personne, Dimitri. Les hommes de la Cavalerie sauvage sont des fous sanguinaires. Mais ils sont nos alliés, ajouta-t-il sans grande conviction, antibolcheviques jusqu'à la moelle, comme nous, ils ne peuvent pas nous attaquer impunément. Koltchak le leur ferait payer. C'est lui-même qui a nommé Semenov *ataman* des cosaques de l'Oussouri. »

Après un silence il demanda : « Tu sais ce qu'ont fait Semenov et Ungern à mon frère il y a deux mois seulement, Dimitri ?

— Pourquoi ? Votre frère était avec eux, sergent ?

— Oui, il était officier et il a été accusé à tort de trahison. Ils l'ont emmené dans un long couloir, ou plutôt entre deux palissades, avec une issue à chaque extrémité. » Tout en parlant il continuait à mâcher sa chique. « À peu près au centre de ce couloir il y avait une petite porte par laquelle on faisait entrer les prisonniers un par un. Mon frère n'a pu s'en tirer que parce qu'il était parmi les premiers. Le jeu de ces misérables est très simple : tu entres, tu vois d'un côté un officier qui te vise avec un pistolet, alors tu cours dans la direction opposée et lui te tire au milieu du dos. » L'aide écarquilla les yeux. « Si tu es rapide et si tu as de la chance, tu réussis à arriver au bout des palissades, mais si tu perds une seconde avant de comprendre de quel côté tu dois fuir, alors tu es mort. » Il cracha de nouveau un morceau de chique et se lissa les moustaches. « Au fur et à mesure que le jeu continue, c'est de plus en plus difficile de fuir parce que par terre, dans ce couloir étroit, il y a les cadavres de tes compagnons plus lents ou moins chanceux. Mon frère s'est sauvé parce qu'il n'y avait encore par terre que son meilleur ami qui était entré avant lui. Il avait le ventre déchiqueté et lui criait : "Cours à droite, cours à droite et ne te retourne pas !" Mon frère a dû l'enjamber, l'autre avait les boyaux qui lui sortaient du ventre et la mort dans les yeux.

— Et ensuite, qu'a fait votre frère, sergent ?

— Ce regard-là lui a dérangé la cervelle. Son âme est morte dans ce couloir. Depuis, il rôde dans les villages en traînant comme un va-nu-pieds et il vivra jusqu'à ce que quelqu'un ait pitié de lui, ou qu'il s'endorme à la belle étoile, ivre, et que le gel de la nuit le transforme en statue de glace. »

Il fixa le *bronepoezd* qui avançait lentement et serra encore plus fort les poignées de la mitrailleuse.

Le train de Semenov émit un sifflement répété puis les grandes roues se mirent à tourner plus vite, poussées par les longs bras d'acier de la locomotive, et une colonne de fumée noire sortit de la cheminée. L'air était chargé de l'odeur âcre du charbon et d'une autre, sale, toujours la même, qui est celle de tous les trains, de toutes les voies ferrées, de toutes les traverses de bois noirci du monde.

« Feu ! » cria la voix de Semenov, et le canon tonna, les mitrailleuses crachèrent une tempête de projectiles.

Les deux trains s'abordèrent dans un vacarme strident de tourelles qui tournent, de métal arraché, rayé, déchiré, de vitres brisées, de cris, d'ordres excités.

La locomotive du train impérial de l'amiral Koltchak fut frappée en plein centre et resta bloquée au milieu du tintamarre destructeur, harcelée sans pitié. Le *bronepoezd* de Semenov lui passa devant et déversa sur elle une énorme quantité de plomb. Roudenko, son aide Dimitri Glouchov et les hommes qui se trouvaient sur le wagon de tête se défendirent héroïquement mais ils moururent tous jusqu'au dernier.

« C'est un misérable assassin », dit Corto en contemplant horrifié les restes fumants du wagon.

Pendant ce temps, les cosaques de Semenov étaient descendus du train qui se dirigeait lentement vers l'aiguillage qui allait le faire passer sur la voie principale et achevaient les blessés à coup de sabre, tout en liquidant de façon expéditive, au pistolet, le petit nombre de ceux qui avaient échappé aux mitrailleuses et aux canons.

« Tu plaisantes, Corto, c'est un type formidable, dit Raspoutine, il a travaillé pour nous, il nous a facilité la tâche.

— Que quelqu'un aille détacher le wagon de l'or, vite ! » ordonna Semenov quand le train se fut arrêté après avoir franchi l'aiguillage.

Corto eut à peine le temps de se retourner que Raspoutine avait déjà sauté à terre pour se ruer vers la voiture de Semenov.

« J'y vais, commandant, cria-t-il.

— Que quelqu'un couvre ce valeureux volontaire. »

Raspoutine courut vers la queue du convoi impérial. Écoutant son instinct, Corto le suivit et le rejoignit rapidement.

Après avoir décroché non sans mal la voiture qui transportait l'or du tsar, Raspoutine haleta : « Et voilà, ce beau trésor est à nous maintenant.

— Ne crie pas victoire si vite, Ras, ce serait trop facile. La fin de l'histoire, c'est que nous devons éliminer Semenov et toute une armée, tu ne penses pas ?

— Je m'en occuperai, Corto. Je m'occuperai de tous. »

Semenov, qui cherchait à suivre le déroulement des opérations penché à la fenêtre, serra Shanghaï Lil contre lui.

« Quand ces deux-là auront fini, nous les tuerons », lui dit-il avec un clin d'œil entendu.

Shanghaï Lil lui sourit avec grâce : elle était simplement belle, ingénue, obéissante. Le *brone-*

poezd commença à reculer pour accrocher le précieux wagon ; Corto et Raspoutine, immobiles, attendaient qu'il arrive à leur hauteur. Une portière du train impérial s'ouvrit tout à coup derrière eux.

Marina Semianova s'avançait le long de la voie, hagarde. Elle était d'une pâleur extrême et l'on voyait une blessure à la base de son cou. Ses cheveux étaient décoiffés, du sang tachait sa fourrure et elle tenait dans la main droite un petit revolver de dame.

Quand elle fut près du Maltais, elle tira de sa pauvre réserve d'énergie la force de prononcer un seul et terrible mot : « Traître ! »

Elle leva un bras que son épuisement évident faisait trembler, braqua le canon du Sauer & Sohn et fit feu.

Corto ne fut pas touché mais il entendit la balle siffler à son oreille.

Il bredouilla : « Vous vous trompez, duchesse... » Avant qu'il puisse poursuivre, un autre coup siffla dans l'air. Cette fois, le projectile atteignit son but : la duchesse ploya et tomba dans les bras de Corto.

« Kortouchka, réussit-elle à dire, donne-moi une cigarette. »

Corto lui sourit avec douceur tandis qu'elle baissait une dernière fois des paupières languissantes.

« Elle est morte ! Quel besoin de la tuer ? dit-il à Raspoutine qui remettait son arme à la ceinture.

— Elle allait te tuer, Corto. »

Le Maltais la déposa délicatement sur le sol.

« Ne pense plus à cette femme. Avec le triomphe des bolcheviks, le monde sera plein de duchesses russes en exil. Allons, viens ! » l'exhorta Raspoutine.

Corto s'approcha de lui sans un mot et l'étendit par terre d'un vigoureux crochet au menton.

CHAPITRE 10

Le lac des Trois Frontières

« Major Iaroslav, ordonna Semenov, faites descendre tous les hommes. Ils doivent empêcher nos ennemis de suivre le train. Dites-leur de ne pas s'éloigner de la voie, mais qu'en attendant ils sont libres de faire ce qu'ils veulent, ils l'ont bien mérité. Quant à nous, nous retournerons à Mandchouli. »

Vania acquiesça d'un signe de tête peu militaire et son regard resta le même : vide, absent.

Les cosaques de Semenov descendirent du *bronepoezd* et entreprirent de festoyer avec les provisions de nourriture et d'alcool qu'ils trouvèrent dans les voitures du train impérial. Ils mangèrent du caviar, du saumon, des fromages français, empoignant les couverts d'argent comme si c'étaient des louches. Après un premier essai, ils laissèrent de côté les champagnes, bourgognes, bordeaux et rieslings du Rhin : leur palais préférait une boisson plus ordinaire et moins raffinée, la vodka. Presque tous en avaient au moins une bouteille en main, pendant qu'une deuxième, voire une troisième, attendait son tour couchée dans la neige. Les uns raflaient les bijoux, les autres découpaient les toiles des cadres des tableaux, les roulaient et les glissaient sous la selle des chevaux. D'autres encore s'étaient installés confortablement sur les précieux tapis de soie d'une voiture et avaient allumé au centre un bon feu alimenté par de délicats fauteuils du XVIIIᵉ, des portes marquetées, des têtes de lit et tout ce qui pouvait brûler.

C'était une belle fête. Personne ne remarqua les deux hommes courant derrière le train qui venait de repartir.

Le lourd convoi procédait très lentement, aussi Corto et Raspoutine réussirent-ils à le rattraper et à s'agripper au dernier wagon. Ils restèrent un moment là, recroquevillés, jusqu'à ce que s'évanouissent les rires des hommes restés à terre. Ils ouvrirent alors la portière et entrèrent.

Pendant ce temps, Vania s'était introduit dans le wagon de Semenov. Shanghaï Lil était là aussi, enveloppée dans une grande couverture en peau de léopard.

« Une magnifique opération, major, félicitations.

— Commandant Semenov, commença Vania en le menaçant de son revolver, dans quelques instants je vais vous tuer, et je veux que vous sachiez que je ne le fais pas pour m'emparer de l'or impérial, mais pour éliminer un homme indigne d'appartenir à l'armée tsariste. »

Il était impassible, ne montrant ni colère, ni mépris, ni aucune forme de passion : il se comportait comme un automate programmé pour tirer.

Shanghaï Lil sortit son pistolet de sous la couverture et hurla : « Attention, Vania ! »

La lumière s'éteignit soudain et l'on entendit une succession rapide de coups de feu, des portes qui claquaient et des gémissements étouffés. Puis, de nouveau, rien que le bruit régulier du train.

Corto arriva au pas de course, suivi de Raspoutine.

La jeune fille alluma la lumière : deux cadavres gisaient à terre. Ils portaient l'uniforme des cosaques de Semenov mais ils étaient chinois.

« Semenov s'est enfui, dit Shanghaï Lil avec un geste de dépit.

— Mais que s'est-il passé là-dedans ? demanda Corto.

— Nous étions prêts à tuer ce misérable quand ces deux-là sont entrés pour essayer de nous supprimer tous. » Tandis qu'elle parlait en montrant les cadavres elle s'intéressa à un détail. Elle se baissa près d'un des corps, prit sa main gauche et la retourna en lui ouvrant les doigts, puis elle fit de même avec l'autre, écarquilla les yeux et s'adressa à Corto.

« Regarde, ils portent le tatouage du Dragon Noir !

— Le Dragon Noir ? Et qu'est-ce que ça signifie ? » demanda Raspoutine.

Vania haussa les épaules comme si c'était sans importance : « Ils doivent appartenir à une secte chinoise comme la Triade.

— Pas comme la Triade », précisa gravement Corto. Il venait de comprendre que ces deux hommes n'avaient pas cessé de le suivre, depuis le moment de son naufrage et de sa libération trop bienveillante. « Ce doit être une organisation militaire dirigée par le général Kouang, allié aux seigneurs de la guerre. » Il se dit que l'affaire se compliquait. Puis il revint au présent et aux difficultés à résoudre immédiatement. « Mais où s'est enfui Semenov ?

— Vers la locomotive. Rattrapons-le ! Je veux le tuer de mes propres mains ! »

À la façon dont Vania avait prononcé ces quelques mots, il était clair que Semenov était pour lui un véritable ennemi. Peut-être pas au point de réveiller dans son esprit anesthésié par une vieille douleur des élans de fierté nationale, des sentiments de mépris ou de franche haine : c'était simplement un de ces ennemis que l'on choisit d'instinct parce qu'ils représentent confusément tout ce qui est contraire aux valeurs que l'on respecte ou que l'on a respectées à une certaine époque.

« Je vais l'attraper, et j'essaierai aussi d'arrêter ce maudit train, dit Corto.

— Avant Daouria, il y a un embranchement qui va vers la Mongolie », dit Shanghaï Lil en se dégageant de la couverture. Elle revêtit une chemise militaire et avec elle l'expression sérieuse et résolue d'un soldat qui se prépare au combat.

« Tu devras arrêter le train avant l'embranchement. »

Corto la contempla en évitant de sourire. « La peau de léopard t'allait mieux, ma petite Shanghaï Lil. »

Elle ne leva pas les yeux et finit de boutonner le dernier bouton d'une longue série.

« Ah oui ? »

Elle eut un petit sourire bref.

Alors elle lui posa les doigts sur la joue dans une caresse qui se transforma subitement en égratignure.

« Ses griffes me sont restées... »

Corto accusa le coup et sortit à la recherche de Semenov.

Semenov se trouvait effectivement dans la locomotive. Il n'y avait avec lui que le conducteur, un fidèle lieutenant mongol qui partageait la passion de son commandant pour les trains et avait appris à les connaître, à les conduire, en prévision, précisément, d'un jour comme celui-là.

Tout en jetant des pelletées de charbon par la porte rougie de la chaudière, il vit que Semenov était blessé au côté.

« Mon commandant, vous êtes blessé ? hurla-t-il pour dominer le vacarme de la machine.

— Ce n'est rien, occupe-toi seulement de faire filer ce train ! dit Semenov sèchement. Nous arriverons bientôt à la bifurcation de Borzia : quand tu l'auras dépassée, arrête-toi. Je ferai capturer les traîtres qui sont restés dans les derniers wagons. »

Sans un mot de plus il se pencha par la fenêtre et se laissa glisser sur l'étroite passerelle extérieure qui courait tout le long de la locomotive.

À cet instant Corto arriva. Le conducteur avait les yeux fixés devant lui sur la ligne parfaitement droite de la voie ferrée : le bruit de la machine était si fort qu'il n'entendit même pas les deux coups de pistolet qui le frappèrent et que Corto n'entendit pas son dernier cri étranglé ; il le vit seulement s'affaisser comme dans un film muet.

Aucune trace de Semenov.

Il se pencha à la fenêtre : il était là, au bout de la passerelle. Il tira plusieurs fois, mais Semenov s'était déjà évanoui derrière un montant qui soutenait le blindage. Alors il s'élança dans l'étroit couloir, glissant sur la glace et regardant de tous côtés. Semenov sauta du toit à quelques pas de lui : il tenait un poignard recourbé et avait un sourire horrible.

Sans lui laisser le temps de réagir, le Russe lui

donna un coup de pied dans le bras qui fit voler son pistolet, puis il s'avança en lançant de grands coups de poignard. Corto parvint à les éviter tout en reculant, jusqu'à ce que ses épaules cognent contre la tôle. Il n'avait plus d'issue. À la vue de sa proie si près de la défaite et de la mort, le regard de Semenov prit une lueur étrange. Le coup décisif fut porté avec force mais Corto réussit à l'esquiver en se baissant puis il leva les mains pour attraper la barre au-dessus de sa tête, il s'y suspendit et lança les jambes en avant. Il frappa Semenov en pleine poitrine et l'expédia dans le vide.

Encore incrédule, il regarda longtemps derrière lui, vers les roues luisantes qui filaient, vers le corps resté là-bas, immobile, sur la voie. Le bruit du train privé de conducteur qui poursuivait sa course métallique dans un nuage de vapeur le ramena à la réalité. Ce vacarme assourdissant qui l'avait accompagné jusqu'alors était à présent amplifié par les montagnes : la voie ferrée s'engageait en effet dans une gorge profonde encaissée entre deux hautes parois de roche dépourvues de végétation. Devant ce sombre paysage il se douta qu'il n'allait pas vers la Mandchourie.

Il retourna vers l'arrière et trouva dans le dernier wagon une réponse immédiate à sa question : Shanghaï Lil tenait en joue le major Vania et Raspoutine. Dès qu'elle le vit, la jeune fille lui fit signe avec le canon de son Mauser d'aller les rejoindre.

« Les Lanternes Rouges ont dévié le train vers la Mongolie. Si vous voulez la vie sauve, vous devez sauter en marche.

— Shanghaï Lil... » Le major manifesta cette fois une émotion précise : la surprise. « Je ne comprends vraiment pas...

— Ce Mauser parle très clairement », remarqua Raspoutine.

Sans se presser, du ton neutre et monocorde de quelqu'un qui lit un communiqué officiel, Shanghaï Lil expliqua : « L'or va servir à la révolution asiatique. Des groupes révolutionnaires mongols et chinois ont contribué à ce succès. La Russie impériale a trop longtemps exploité les miens. » Elle eut un bref regard vers Vania. « Il est temps que les Occidentaux commencent à payer. Ils le feront avec cet or. Maintenant sautez, allez !

— Jeune fille, qui sait combien d'erreurs la Russie impériale a commises, mais je suis un officier russe et je dois défendre ce qui est russe, dit Vania en tirant son arme de son fourreau, sinon il vaudrait mieux que je meure. »

Les balles du Mauser de Shanghaï Lil l'abattirent sur-le-champ. Le major Vania Iaroslav mourut en se demandant pourquoi il avait éprouvé le besoin de donner un sens héroïque à sa fin.

Corto et Raspoutine se jetèrent à terre et réussirent à gagner la porte en roulant entre les caisses de l'or impérial. Shanghaï Lil tenta de les arrêter avec une rafale de projectiles mais ce fut en vain :

ils étaient déjà loin et couraient vers la tête du train.

Sans trop réfléchir à ce qu'elle faisait, la jeune fille sortit et se mit en équilibre sur l'axe qui reliait le dernier wagon au convoi. Elle y resta quelques secondes comme hypnotisée par le défilement régulier des deux lignes brillantes des rails, des cailloux noirs, des traverses de bois. Puis elle s'accroupit, cherchant à placer les jambes dans la position la plus stable possible, et essaya à grand-peine de détacher l'énorme crochet. Elle s'adossa contre l'autre wagon, ferma les yeux et avala sa salive. C'était fait.

Le wagon amorça très lentement sa descente. Shanghaï Lil souriait, agrippée à une prise peu sûre. Elle n'entendait que le roulement métallique ; le vacarme et les bouffées de vapeur de la locomotive avaient disparu dans l'air d'une façon presque surnaturelle.

Le train filait toujours et grimpait vers un col élevé.

À cet endroit du parcours, la voie était prise entre une paroi rocheuse et un à-pic au pied duquel coulait un fleuve impétueux qui bondissait avec violence entre les rochers, creusait des couloirs, créait des tourbillons pour ensuite s'apaiser peu à peu dans le calme d'un lac.

Corto et Raspoutine étaient arrivés à la locomotive essoufflés par leur longue course et à cet instant précis ils sentirent un choc brutal. Ils se retournèrent et virent le dernier wagon descendre en roue libre le long de la voie ; ils ne purent le suivre des yeux que peu de temps, jusqu'à ce que le train tourne et se trouve dans le grand espace ouvert d'un haut plateau.

« Damnation ! Elle a pris l'or, Corto ! » Raspoutine ne pouvait pas se résigner, il secouait la tête, tripotait sa barbe, frappait du poing le portillon du train. « Elle nous a tous roulés.

— Cette fille a du cran, Ras, mais elle n'ira pas loin avec ce wagon.

— Pour moi, elle peut bien aller tout droit en enfer. »

Corto jeta un regard distrait sur le vaste plateau : les voies coupaient en deux une étendue de prairies d'un vert éclatant, à l'herbe grasse et moelleuse, et parsemées çà et là de bandes blanches neigeuses et de taches plus sombres qui attirèrent son attention : c'était un gros troupeau de yaks. Peu après, un autre spectacle le frappa bien davantage : un tas de pierres amoncelées au milieu de la voie et, surtout, le groupe de cavaliers qui entouraient le petit monticule.

Ils pouvaient être une vingtaine, tous immobiles sur leur monture comme des statues dans le vent, vêtus des longs manteaux de fourrure sombre, et ils agitaient un grand drapeau jaune marqué d'un U noir au centre.

« La course est finie, Ras, il vaut mieux arrêter ce train. »

La lourde voiture avait pris de la vitesse et vibrait dangereusement sur la voie. Shanghaï Lil empoigna de toutes ses forces le volant qui actionnait le frein, mais l'engrenage était rouillé et en partie bloqué. Elle serra les dents avec colère et parvint à lui faire faire en grinçant un demi-tour, mais le wagon ne ralentit pas sa course. Elle essaya encore : elle prit le volant entre ses bras et sa poitrine et s'y accrocha de tout son poids en hurlant. Les engrenages ne bougèrent pas d'un millimètre. Elle jeta un regard en arrière, le temps de se rendre compte qu'après une longue ligne droite la voie prenait un virage assez brusque. À cette vitesse, la voiture n'allait pas résister, elle déraillerait à coup sûr : il fallait se décider d'urgence. Elle n'y réfléchit pas à deux fois ; elle mit les bras derrière la tête et se jeta sur un gros tas de sable.

Le wagon quitta la voie et s'envola dans le précipice vers un vaste miroir d'eau d'une incroyable couleur turquoise. C'était le Savart Khan Nor, le lac des Trois Frontières, un cristal enchâssé entre la Mongolie extérieure, la Mongolie intérieure et la Transbaïkalie.

CHAPITRE 11

La division de Cavalerie asiatique

Un cavalier cosaque se détacha du groupe et longea lentement la voie. Il tenait dans la main droite une carabine lourde, une Mosin Nagant 91, qu'il appuyait nonchalamment sur la hanche.

D'un petit coup de bride il arrêta son cheval à quelques pas de Shanghaï Lil.

La jeune fille regarda autour d'elle. Devant, il n'y avait que le précipice ; derrière, la montagne ; à droite, le cavalier et, à gauche, la pente abrupte : elle ne pouvait pas s'échapper.

Le cosaque la toisa de sous sa *papatcha*, le colback de mouton noir ; il ne dit rien, se contenta de faire un mouvement avec sa carabine, et Shanghaï Lil comprit qu'elle devait marcher devant lui. Elle passa près de lui la tête haute avec une allure fière qui lui déplut : il prit son élan et la frappa violemment sur la nuque avec la crosse de son fusil. La jeune fille s'effondra en étouffant avec peine un gémissement de douleur. Le cosaque se mit à rire, méprisant, et cracha par terre à côté d'elle, puis, de nouveau, avec le canon de sa carabine, il lui fit signe de continuer.

Ils arrivèrent juste à temps pour entendre les paroles que l'officier à la tête de ces cavaliers, le major Barine, prononçait solennellement devant Corto Maltese et Raspoutine.

« Vous êtes prisonniers de la division de Cavalerie asiatique du baron Roman von Ungern-Sternberg. Si vous cherchez à fuir vous serez exécutés sur-le-champ. En avant, marche ! » Il leva son sabre recourbé.

À quelques kilomètres de là, le baron Roman von Ungern-Sternberg se promenait tout seul sur les vestiges d'un morceau de la grande muraille. Ses yeux cernés par la fatigue avaient un éclat fébrile et son regard brûlant errait dans le vague sans jamais se poser.

Le général Suzuki, chef des forces japonaises, arriva sans bruit derrière lui, toussota pour attirer son attention et attendit. Pour surmonter sa gêne il regarda lui aussi, muet, l'air extasié, le paysage de chaînes montagneuses qui s'estompaient du brun à l'ocre pour arriver à se noyer dans l'azur d'un horizon lointain.

« Qui sait combien de fois Gengis Khan est monté ici. Vous comprenez, mon devoir est de poursuivre sa mission... », commença le baron en s'adressant au Japonais mais aussi à sa propre conscience, au silence des montagnes, à l'odeur de cette terre. « Donner à l'Asie la nostalgie de son ancien culte solaire. De la mer du Japon au golfe de Finlande, ce sera le soleil jaune contre l'étoile rouge des bolcheviks ! »

Le visage de Suzuki était sévère et compassé mais au fond de lui il formulait un jugement grave : « Cet homme est fou, oui, fou, mais c'est un allié parfait. Il est déterminé, il a ses raisons d'agir, il est même complètement obsédé par son idée de conquête, prêt à se donner tout entier pour atteindre son but parce que celui-ci correspond exactement à son rêve. »

« Une nouvelle guerre de religion, continuait Ungern, une contre-révolution plus terrible que leur révolution. Le chamanisme et l'éthique guerrière seront les seules religions véritables. Les Finnois, les Blancs du Yang-tsé et les Aïnous ont toujours célébré les mêmes mystères des origines au rythme des tambours de peau de renne : finalement les anciens cultes perdus reviendront, l'esprit qui anime tous les peuples asiatiques balaiera le bas matérialisme de l'Occident. »

Le général Suzuki hocha énergiquement la tête pour indiquer son approbation sans réserve à ce programme ambitieux, mais il ne sut que dire : « Euh, oui. » Quelques secondes plus tard il ajouta : « Tout est prêt, baron. Les hommes sont au campement.

— Ah, bon. Alors allons régler cette question. Ce sont deux officiers, n'est-ce pas ?

— Oui, baron, deux lieutenants. Il paraît qu'ils ont même fait une visite au bordel de Tchita.

— Bien, général, j'apprendrai à nos soldats ce qu'est la discipline. » Il serra sa badine de bambou et l'agita en l'air. « Tous, y compris les chefs, doivent répondre de leurs actes vils. »

Quand Ungern et Suzuki arrivèrent au campement de Daouria, la nuit était déjà tombée depuis longtemps. Ils entrèrent sans attendre dans une tente éclairée par trois lampes à pétrole et chauffée sans grand résultat par un feu fumant. Les soldats qui gardaient les deux officiers se mirent instantanément au garde-à-vous avec un claquement de talons sonore.

Ungern fit quelques pas devant les deux officiers immobiles. « Alors, vous vouliez me quitter pour aller avec l'*ataman* Semenov ? Comme c'est curieux. » Il s'attarda sur le plus grand des deux, un Ukrainien aux cheveux très blonds et à la mâchoire carrée.

« Nous voulions nous battre, excellence.

— Le front n'est pas au nord ! » cria-t-il en frappant sur la table avec son *trost*. « Vous, messieurs, vous vouliez vous battre dans un bureau bien au chaud, au milieu de la paperasse et des intrigues, pas sur le champ de bataille.

— Mais, excellence, chercha à répliquer l'Ukrainien.

— Il n'y a pas de mais qui tienne. » Il pointa sa badine à quelques centimètres de ses yeux. « Vous deviez me demander l'autorisation ! » Puis il ajouta d'une façon plus conciliante : « Je n'ai jamais retenu personne.

— Nous n'avons été absents que quelques heures, baron, répliqua l'Ukrainien encouragé par ce changement de ton imprévu.

— Silence, lieutenant ! »

Sa colère explosa de nouveau tandis que l'autre officier, un Sibérien roux plutôt trapu, lançait un rapide regard de reproche à son compagnon.

« Pourquoi aller à Tchita ? À cause d'une dame, sans doute ? »

Les deux hommes pâlirent : à l'évidence, le baron était au courant de leur escapade.

« Répugnant ! Perdre son temps avec ces crétines. Les grandes dames et les petites truies sont toutes faites de la même pâte... des sangsues mercenaires ! Et surtout vous, des officiers de la division de Cavalerie asiatique d'Ungern-Sternberg. » Il leva au ciel un regard illuminé. « Vous qui avez une grande mission à accomplir... »

Il laissa sa phrase en suspens et, après une longue pause, il cria : « Vous voulez vraiment vous battre, pauvres naïfs ? Ce n'est pas à Tchita que l'on combat, mais ici, ici à Daouria, et vous allez le voir tout de suite !

— Tout de suite, excellence ? demandèrent les hommes presque en chœur mais à voix basse.

— Oui, tout de suite ! Vous commencerez par passer les soldats en revue et vous vérifierez soigneusement leurs fusils. »

Les deux officiers étaient visiblement soulagés.

« Merci, excellence, nous vous sommes reconnaissants pour votre clémence.

— Silence, je ne supporte pas les flatteries », conclut le baron. Puis il s'adressa à l'officier de sa garde qui était resté derrière lui en attendant les ordres. « Capitaine, donnez aux lieutenants le commandement des soldats qui sont là dehors ! »

Dans la cour était aligné un détachement de cosaques. Ils portaient une tunique kaki à épaulettes rouges et deux rangs de cartouchières sur le devant ; ils tenaient fermement leurs longs fusils Mosin Nagant modèle 91.

Il régnait un silence inhabituel : hommes, chevaux et chiens semblaient s'être mis d'accord pour ne pas faire le moindre bruit.

Les deux lieutenants commencèrent l'inspection sous la surveillance attentive d'Ungern-Sternberg et du général Suzuki.

Ils contrôlèrent méticuleusement tous les détails : les fusils étaient luisants et parfaitement graissés, les culasses jouaient facilement, les colbacks avaient l'inclinaison voulue, les munitions étaient réglementaires. Ils agissaient calmement, avec une attention extrême, ils n'avaient aucune envie de se faire réprimander pour un oubli stupide.

À la fin, ils échangèrent un signe entendu et se présentèrent devant le baron, contents d'eux et respectueux.

« Tout est en ordre, commandant. Les armes sont en parfait état de fonctionnement.

— Bon ! dit Ungern en les regardant sans les voir. Je ne tolérerais pas que deux officiers de la division de Cavalerie asiatique soient fusillés avec des armes défectueuses. C'est une question de principe !

— Mais, excellence..., balbutia l'Ukrainien.

— Oui, je vous fais fusiller ! hurla le baron. Ce que vous appelez une brève absence, je l'appelle de la désertion ! Nous avons peut-être un vocabulaire différent, mais ici, malheureusement pour vous, il n'y a que le mien qui compte. »

Il s'éloigna d'un pas rapide puis, comme s'il se rappelait quelque chose, il s'arrêta et dit sans même se retourner :

« Je ne pense pas qu'il soit nécessaire de vous bander les yeux. Vous pouvez, si vous y tenez, commander le feu vous-mêmes. Nous avons déjà trop discuté ! »

La patrouille de frontière du major Barine arriva au campement à l'instant même où les coups de feu des cosaques achevaient de démontrer la discipline en vigueur à Daouria dans les rangs du baron von Ungern-Sternberg.

Le major, un Mongol aux joues creuses, descendit de cheval et se dirigea vers son commandant.

« Ungern Khan, nous avons surpris et capturé trois étrangers. Quant au train...

— Oh, major Barine, l'interrompit le baron, je voulais vous poser une question. Comment appelez-vous l'absence injustifiée d'un officier qui passe deux heures dans un bordel ?

— De la désertion, excellence. Le train, disais-je...

— Bon, bon, je vois que nous nous comprenons, vous et moi. Mais allons voir vos prisonniers », dit Ungern sans lui laisser le temps de faire son rapport.

Arrivé devant Corto, Raspoutine et Shanghaï Lil, il se mit à leur tourner autour de son pas lent, les bras croisés dans le dos, la bouche secouée par un tic nerveux. Il étudia longuement leur mise, leur visage, leurs yeux, la position de leurs mains.

« Vous vous trouvez dans une zone interdite, commença-t-il en fouettant sa botte avec son *trost*, cela pourrait vous coûter la vie.

— Pourrait ? » répéta Corto.

Ungern le regarda avec la surprise et la curiosité avec lesquelles il aurait vu un palmier au sommet des montagnes.

« Qui êtes-vous ? Que faites-vous ici ? Vous portez une casquette d'officier d'artillerie de la garde, c'est une arme plutôt sélect pour accepter... — il eut un sourire railleur en direction de l'anneau d'or que Corto portait à l'oreille — ... des gitans ou des marins...

— La casquette est un cadeau. Je m'appelle Corto Maltese.

— Corto Maltese ? Et alors ? Je n'en sais toujours pas davantage. Vous n'avez pas encore répondu à mes questions. Que cherchez-vous dans cette zone de frontière ? » Son ton était encore plus sec et plus résolu.

« Je cherche à oublier quelqu'un. »

Ungern comprit que ce n'était sûrement pas par la violence pure et simple qu'il allait pouvoir lui arracher la vérité. De deux choses l'une : soit cet homme était plein d'astuce, soit il était très bête.

« Pour oublier, on va dans la Légion étrangère, ou le Tercio espagnol, certainement pas en Sibérie. Mais je peux vous aider à vraiment tout oublier : j'ai un peloton d'exécution tout prêt.

— En effet, je l'ai vu à l'œuvre il y a quelques minutes.

— Alors ?

— Alors quoi ?

— Faites attention, Corto Maltese, vous avez peu de raisons de plaisanter, votre vie ne tient qu'à un fil. Pour la dernière fois, que faites-vous en Sibérie ? »

Dans la fixité de ses yeux gris passa un éclair fulgurant, une lueur froide plus éloquente que tous les mots. Corto comprit qu'il ne pouvait plus tirer sur la corde.

« Très bien, je vais vous dire la vérité. Nous sommes venus ici pour voler l'or de l'amiral Koltchak que l'*ataman* Semenov a cherché à subtiliser. Mais vous ne me croirez sans doute pas.

— À présent, oui, je vous crois ! » Le visage sombre du baron laissa voir une satisfaction évidente. « Mais continuez, dites-moi : comment cela s'est-il terminé ?

— Ce n'est pas encore fini. » Corto souriait. « En tout cas, Semenov n'a pas réussi à l'avoir, cet or.

— Bien, j'en suis heureux. Je ne vais pas vous fusiller pour le moment. » Il s'éloigna de Corto pour aller vers Shanghaï Lil et Raspoutine qui, restés à l'écart, avaient écouté sans bouger cette conversation périlleuse. « Quant à cette petite Chinoise — il toisa Shanghaï Lil avec un certain plaisir — elle servira à distraire les soldats dans le bordel militaire, ainsi ils n'auront plus d'excuse pour s'éloigner du camp. » Il s'arrêta ensuite sous le regard exalté de Raspoutine. « Et vous, comment vous appelez-vous ?

— Je m'appelle Raspoutine, excellence !

— Ah ! Vous ressemblez en effet comme un frère à ce bambocheur de moine, mais il me semble qu'en dépit des faveurs dont il jouissait à la cour il n'a pas eu une très belle fin, n'est-ce pas ?

— C'est vrai.

— Vous me paraissez tous les trois un peu fous. »

Un cosaque l'interrompit.

« Ungern Khan, le grand canon de l'*ataman* Semenov est arrivé de Mandchouli avec les techniciens japonais. Ils demandent la permission de faire halte ici. »

Le canon de Semenov ? Encore un autre fou, pensa-t-il en secouant la tête. Sa manie des trains blindés et des armes lourdes le mènera à la ruine. Quand les bolcheviks arriveront par ici il devra tout abandonner pour prendre ses jambes à son cou. « Bon », conclut-il à l'intention du cosaque qui attendait ses ordres. « Dites à ces techniciens qu'ils peuvent passer la nuit ici, mais qu'ils restent près de leur canon : mes Bouriates ne sont pas très amis avec les Japonais. » Son regard croisa celui de Corto Maltese. « Moi non plus, d'ailleurs, ils ne cherchent qu'à nous monter les uns contre les autres pour ensuite en profiter, mais avec moi ce petit jeu ne marche pas.

176

— Eh bien, ils n'ont pas si mal joué en 1905 à Port-Arthur, risqua Corto.

— Oui, Port-Arthur... Un jour, les Russes, peu importe qu'ils soient blancs ou bolcheviques, s'en souviendront et le leur feront payer ! » hurla Ungern. Il s'achemina à grands pas vers sa tente et ajouta sans se retourner : « Le temps passe vite. Aujourd'hui vous ne serez pas fusillés, je dois m'occuper de choses bien plus importantes. »

Il s'évanouit dans la neige qui commençait à tomber, effaçant les toits de Daouria, les murs d'enceinte, la cour où avaient été exécutés les deux officiers, et tout ce qui s'était dit ce jour-là.

CHAPITRE 12

Le Dragon Noir

Un soldat conduisit Corto, Raspoutine et Shanghaï Lil dans un réduit crasseux qui empestait les excréments de rat et la paille humide et pourrie. Après avoir regardé autour de lui, le Russe se rua sur la jeune fille. « Tout ça est arrivé par ta faute ! » Il fit un grand geste de la main pour souligner ses paroles.

« Ce n'est pas le moment de se disputer, Raspoutine, nous devons nous entraider si nous voulons réussir à nous enfuir », répondit-elle. Elle lorgna à travers la vitre de la fenêtre qui donnait sur l'arrière. « Plus tard nous pourrons régler nos comptes en privé.

— Shanghaï Lil ne m'est pas sympathique à moi non plus, Ras, mais cette fois-ci elle a raison, intervint Corto.

— Tu m'en veux parce que j'ai enlevé l'or russe sous votre nez. » La jeune fille se tourna soudain ver le Maltais, offensée. « Mais tout le monde a essayé de le voler. Semenov, l'amiral Koltchak, les Lanternes Rouges, la Triade, les bolcheviks, les alliés, toi-même et Raspoutine. Alors pourquoi pas moi dans l'intérêt des miens ? Maintenant qu'il a coulé au fond du lac des Trois Frontières, tout est remis en jeu. Assez parlé à présent, c'est le bon moment : dehors, il neige, il n'y a qu'une seule sentinelle devant la porte et — elle indiqua la fenêtre — l'arrière de la maison n'est pas surveillé, pour l'instant du moins, mais je ne sais pas pour combien de temps encore.

— Alors dépêchons-nous », dit Corto, et il commença à travailler avec son couteau sur la fermeture de la fenêtre branlante.

La cour était dans le noir et complètement déserte. Après avoir contourné la baraque et les postes des sentinelles, ils atteignirent la voie ferrée sans trop de difficulté.

« Où allons-nous ? » demanda Raspoutine. Il n'eut aucune réponse.

Ils coururent vers une voie secondaire mais durent soudain s'abriter derrière un tender de charbon : il y avait une sentinelle japonaise. Shanghaï Lil arrêta ses compagnons d'un geste de la main et s'approcha de l'homme en se baissant, un petit poignard à la main. Il tomba dans la neige sans un gémissement.

« La voie est libre ! » cria-t-elle.

Ils passèrent derrière une paroi rocheuse et

virent finalement le *Destructeur*, l'imposant canon de 280 mm de Semenov.

La jeune fille dit avec regret : « Nous n'avons malheureusement pas de dynamite.

— Aucune importance, répondit Corto. Avec ce que nous trouverons là-dessus nous avons plus qu'assez pour le faire sauter.

— Mais qu'est-ce que vous dites ? Vous êtes fous ? hurla Raspoutine.

— Il suffit de se servir d'un baril de poudre comme mèche », continua le Maltais. Shanghaï Lil l'interrompit en levant le bras.

Un autre Japonais était sorti de l'ombre de la galerie : il marchait lentement, la tête baissée, le fusil à l'épaule, les mains dans les poches de son manteau.

« Il est parti, venez, dit la jeune fille en s'approchant de la voie, espérons qu'il n'y en a pas d'autres.

— Nous devons descendre une de ces caisses de munitions, chuchota Corto en indiquant un large espace juste au-dessous de l'affût du canon, et ensuite vider un baril de poudre à partir d'ici. Dépêchons-nous, Ras.

— Bien parlé, Corto, pourquoi n'y vas-tu pas toi-même ?

— Que d'histoires, Raspoutine ! Tu as fait sauter des saintes-barbes des quantités de fois ! Mais c'est bon, espèce de lâche, j'y vais. »

Corto grimpa la petite échelle de fer qui devait

le mener en haut du wagon, et quand il fut à mi-chemin il vit du coin de l'œil un soldat, juste au-dessus de lui : il pointait son fusil sur Shanghaï Lil, par terre de l'autre côté du wagon, et ne l'avait pas vu. Il tira vite son couteau, le lança et le frappa au bras, puis en un éclair il monta les derniers échelons et fut sur lui.

« Jette-le en bas, je m'occupe de ce chien, dit Raspoutine, et vérifie qu'il n'y en a pas d'autres. Ils poussent comme des champignons. »

Corto poussa le Japonais et cria à la jeune fille : « Lil, verse la poudre là autour, vite ! »

Quelques instants plus tard, une déflagration extrêmement violente ébranla le calme de la nuit. Le canon, arraché à sa base, s'écroula sur son chariot et les gros blocs qui s'éboulèrent de la paroi rocheuse au-dessus de lui le réduisirent vite en un amas de fers tordus.

Quand la sentinelle cosaque arriva en courant chez le baron von Ungern-Sternberg, il le trouva déjà sur le seuil, alarmé par le fracas.

« Mon commandant, le canon a sauté ! Nous avons trouvé deux soldats morts.

— Des nôtres ? » Il était furieux.

« Non, Ungern Khan, des soldats de la garde japonaise. On ne comprend pas comment c'est arrivé.

— Vous êtes un amateur », cria Ungern en le

foudroyant de son mépris. Soudain, il éclata d'un gros rire. Le cosaque, ne sachant s'il devait s'inquiéter ou se réjouir de cette réaction, resta sans broncher jusqu'à ce que le baron reprenne sa respiration pour lui dire : « Amenez-moi immédiatement le prisonnier Corto Maltese ! »

Il se retourna et rentra dans sa baraque sans cesser de rire de bon cœur comme si on venait de lui raconter une histoire follement drôle.

Le cosaque se précipita vers la bicoque où il trouva Corto, Raspoutine et Shanghaï Lil assis tranquillement autour de la table, absorbés par les cartes qu'ils avaient en main. Il tendit le doigt vers le Maltais.

« Levez-vous et sortez !

— Mais il doit être quatre heures du matin, vous ne trouvez pas qu'il est un peu tôt ? » fit Corto en enfilant son manteau.

Le cosaque répondit sèchement.

« En effet, on dirait que j'ai dérangé votre sommeil. » Il jeta un coup d'œil à la table de jeu.

Ils partirent ensemble, la tête baissée, en traînant les bottes dans la couche moelleuse de neige fraîche jusque chez le baron.

« Corto Maltese est là, Ungern Khan. »

On pouvait voir du seuil toute la pièce, meublée de façon spartiate : une grande table encombrée de cartes géographiques et de dépêches, un petit lit qui n'était pas défait, un fauteuil de velours aux accoudoirs usés et un autre de cuir marron. Le baron buvait une tasse de thé, plongé dans l'examen d'un plan de ville.

« Entrez, Corto Maltese, entrez. » Ungern se leva et fit signe au garde de se retirer. « Je pensais à un poème de Coleridge : *Au Xanadu Kubla Khan décida d'établir un domaine de délices : là où Alphée, le fleuve sacré, traverse des cavernes inaccessibles à l'homme jusqu'à une mer sans soleil. Ainsi, deux fois cinq milles de terre fertile furent ceints de murs et de tours...*

— *et les jardins scintillaient de ruisseaux et l'arbre d'encens fleurissait, il y avait des forêts aussi antiques que les collines qui embrassaient de verts maquis ensoleillés*, acheva Corto. Mais vous ne m'avez sûrement pas fait venir pour me parler de Coleridge.

— Pourquoi pas, pourquoi pas..., répliqua le baron en lui offrant une tasse. La poésie et l'épée peuvent parfois faire un bout de chemin ensemble. L'épée au sens métaphorique, s'entend. Canons compris. Mais asseyez-vous, je vous en prie ! »

Corto ôta son manteau et s'assit dans le petit fauteuil de cuir.

« Capitaine ! » cria le baron.

Une tenture grise remua derrière Corto et le capitaine Vaselovsky apparut dans toute sa raideur.

« Faites entrer ce maudit sorcier.

— Tout de suite, mon commandant ! Le *mopa* est déjà là dehors. »

Le vieux devin, un petit homme très maigre, entra et se courba en une profonde révérence. Il marchait le dos rond : à vrai dire, toute sa silhouette, sa façon de regarder et de bouger étaient courbes, penchées. Son cou rentré dans les épaules faisait penser à celui d'un condor ; ses bras, ses mains, ses jambes étaient fléchis et recroquevillés comme les pattes d'une araignée.

« Hommage à Bouddha dans la langue des dieux et des Naga. Dans celle des démons et des hommes je lirai la parole cachée. »

Il alluma une petite lampe qui exhalait une fumée chargée de parfums pénétrants et commença à tourner autour, d'abord lentement puis, en frappant un tambour de peau avec deux baguettes, à un rythme de plus en plus frénétique. Il dansa longuement de façon forcenée, transporté par le son hypnotisant du tambour et l'effet hallucinogène de la fumée qui saturait à présent toute la pièce. Quand sa danse atteignit les limites du paroxysme il tomba secoué de tremblements, en transe.

« Ô, sagesse qui s'est enfuie... enfuie dans l'audelà à Samyé, dans la demeure du souffle vital... » Il avait une horrible voix rauque presque inhumaine, ses yeux s'agitaient sans cesse sous ses paupières serrées, ses muscles étaient en proie à des convulsions sans fin. Il s'écria : « Là-haut, au pays des neiges, j'ai vu dans l'ancien monastère ton souffle vital moribond. Il te reste peu de temps, Ungern Khan, tu dois te hâter ! » Puis il s'immobilisa, le regard vitreux, dans le vide.

Le baron courut à lui et le souleva en l'attrapant par le cou.

« Combien de temps ? hurla-t-il. Réponds-moi ! Combien de temps me reste-t-il ? »

Le sorcier tibétain se mit à remuer convulsivement, comme si tout son corps était parcouru de décharges électriques d'abord légères, puis de plus en plus fortes.

« Un peu plus d'un an, Ungern Khan. Ce que je dis est la vérité. Un an de sang et de sacrifices, ensuite la mort te mordra la langue et te conduira au Bardo, mais ton aventure sera accomplie. Toi seul ne le comprendras pas, tu arriveras à mi-chemin mais tu te noieras dans le sang répandu. Beaucoup de sang, Ungern Khan. C'est écrit. »

Il resta quelques secondes silencieux puis tourna un regard illuminé vers Corto Maltese, leva les bras en l'air et poursuivit.

« Celui-ci n'est pas ton ami, Ungern Khan, mais tu ne pourras rien contre lui. Le monde tartare est une tente, la Voie lactée en est la couture et les étoiles sont les trous pour laisser passer la lumière. Au milieu du ciel brille le "clou d'or" que toi, marin, tu appelles l'Étoile polaire. Ton destin est lié à elle. Je vais être la mort, je battrai le tambour de renne et tu sauras ce qui est écrit pour toi. »

Il jeta de la mousse verdâtre sur le feu et se mit à suivre en dansant les volutes de fumée qui s'élevaient en dégageant une odeur âcre, à la fois pénible et agréable, qui pénétrait dans les narines et embrumait le cerveau. Son visage devint terreux, ses joues se creusèrent comme aspirées par une force intérieure, ses traits se contractèrent en une grimace monstrueuse.

Il prit une voix basse et gutturale : « Je suis la mort. » Ses yeux se révulsèrent lentement, l'iris et la pupille disparurent sous les paupières et les globes se tournèrent vers Corto Maltese, inexpressifs et terribles dans leur blanche vacuité.

« Sur l'arbre-livre-des-destinées il y a des millions de feuilles et sur chacune est écrit le destin d'un être humain. J'ai vu la tienne. »

Il se remit à tourner sur lui-même comme s'il voulait se faire envelopper et caresser par la fumée qui montait de la lampe, inspira profondément et poursuivit.

« Il y a dans ta vie un dragon noir, un dragon noir brisé, un dragon noir brisé, répéta-t-il comme un disque rayé. Mais quelqu'un comme toi peut bien vivre même en enfer. »

Son teint reprit une couleur plus normale et ses traits contractés redevinrent ceux, fatigués, d'un vieillard éprouvé par un gros effort.

« Un dragon noir brisé », dit-il encore en sortant, courbé et rapide comme une araignée qui s'enfuit.

Corto et le baron von Ungern-Sternberg regardèrent longtemps la porte qui s'était refermée sur lui.

« Qu'a-t-il bien pu vouloir dire ? » demanda le Maltais.

Ses paroles planèrent un instant, comme si elles flottaient sur un néant liquide. Le baron paraissait plongé dans une réflexion très lointaine.

« Le Dragon Noir ? fit-il enfin. C'est une secte militaire chinoise, mais c'est aussi l'autre nom du fleuve Amour. Peut-être est-ce un conseil pour que vous vous rendiez dans cette région.

— C'est trop loin. » Corto essayait de rester calme mais cette situation le troublait. Moins à cause de ce que le devin avait pu dire ou faire que parce qu'il ne comprenait pas pourquoi Ungern avait voulu qu'il assiste à cette scène. D'après ce qu'il avait pu comprendre, le baron, malgré sa folie, suivait toujours un plan précis, tout au moins pour lui.

« Vous avez quelque chose à me demander ? dit-il brusquement.

— Non, répondit Ungern. Mais je veux que vous m'accompagniez quelque part. » Il hurla à la cantonade : « Capitaine Vaselovsky, faites seller trois chevaux et appelez immédiatement le prince Djam Bolon ! »

La tenture se souleva dans la pénombre et le

capitaine pâle s'éloigna, sans un geste, sans un mot, pour aller exécuter cet ordre insolite.

Quelques minutes plus tard, les trois cavaliers galopaient sans escorte dans une vallée étroite traversée d'un petit ruisseau. La nuit était éclairée par une lune timide qui apparaissait de temps en temps à travers les amas de nuages entraînés par le vent, illuminant une montagne ; ses flancs étaient plantés de centaines de pierres blanches où étaient gravées les paroles d'une prière à Bouddha.

Ils s'engagèrent dans le sentier délimité par la longue rangée de pierres blanches et chevauchèrent en silence pendant plus de deux heures jusqu'à ce qu'apparaisse, derrière une dernière courbe, le *dzong*, le monastère fortifié, retranché sur un pic escarpé.

C'était une grande construction blanche et carrée sur laquelle s'élevaient d'autres bâtiments réguliers, parallélépipèdes de plus en plus hauts et étroits aux fenêtres bordées de noir. Des rangées serrées de barrières entouraient sa base, telles des perles autour d'un cou de femme.

Accolé au bâtiment principal se dressait le *stupa*, une tour rappelant les *ziggurats* babyloniennes : c'était le lieu des reliques où étaient conservés les livres anciens, les manuscrits désormais illisibles, les ornements sacrés abîmés par l'usure, les vêtements des moines défunts. Sur le mur de roc derrière le *stupa* étaient sculptées de grandes figures du Bouddha d'environ deux mètres de haut, éclairées d'en bas par des lampes dont la lumière fluctuante donnait l'impression que leurs yeux suivaient ceux des spectateurs.

« Ceci est la maison du Dieu Vivant de Zhain, expliqua Ungern à Corto en mettant pied à terre. C'est une des plus hautes autorités religieuses de tout l'Orient. Depuis que le dalaï-lama, le Bouddha vivant, est retenu prisonnier par les Chinois à Ourga, l'Hutuktu de Zhain est devenu l'une des principales références pour tous les bouddhistes. »

Tandis qu'ils approchaient du monastère, il s'éleva des toits un vol bruissant de colombes qui les frôlèrent et les firent frissonner. Après avoir franchi les barrières et le grand portail sur lequel pendaient des lambeaux de pièces de tissu sombre qui battaient au vent, ils entrèrent dans la cour inférieure où un groupe de moines en tunique rouge brique faisaient tourner les *khörlos*, des cylindres métalliques qui répandaient en grinçant leurs prières dans l'air.

Un vieux moine se détacha de la longue file et alla à la rencontre des trois visiteurs : il les observa puis leur fit un bref salut en leur indiquant de le suivre à l'intérieur.

À pas lents et claudicants, le vieillard les conduisit à travers diverses salles qui sentaient le beurre et la cire, encombrées de nombreux objets symboliques : statues représentant les différents *lamas* protecteurs ; un véritable zoo d'animaux embaumés, du lézard au léopard ; des insectes en métal, en bois ou en pierre ; la sculpture d'un *garuda*, moitié oiseau et moitié homme, avec des bras humains, des ailes et des pattes d'aigle ; de précieuses châsses sculptées contenant des idoles, des rubans colorés, des fragments d'étoffes sacrées ; des bols de cuivre pleins d'eau et de fleurs ; de petites bougies qui flottaient sur de l'huile. Parvenus aux étages supérieurs, ils entrèrent dans une suite de pièces tapissées de grands *mandalas*, les roues du temps : l'un d'eux dépeignait le monde des hommes, celui des esprits mauvais et celui des bienheureux, d'autres étaient décorés de magnifiques dessins géométriques, d'autres encore représentaient des monstres aux ongles griffus et à la langue de feu.

Après un parcours tortueux constitué de montées et de descentes à travers des corridors obscurs, des escaliers de bois, des galeries de pierre, des portes barricadées, ils arrivèrent à une grande salle dont le plafond entièrement décoré de fresques était soutenu par une forêt de colonnes en bois. Les murs étaient revêtus de grandes étagères sur lesquels étaient rangés des milliers de volumes fragiles : ces fines pages de papier de riz retenues ensemble par des planchettes et enveloppées de bandes de soie aux couleurs éclatantes contenaient tous les préceptes, les commentaires et les prières du Bouddha.

Au centre de la pièce, le vieil Hutuktu vêtu d'une tunique rouge élimée était assis en posture de méditation. Sa tête était couverte d'un capuchon jaune qui rappelait le bonnet phrygien ; sur le tapis, à ses pieds, étaient posés un grand livre rectangulaire aux pages remplies d'une petite écriture régulière, une écuelle métallique pleine d'un liquide brun et une douzaine de petites lampes à huile qui l'éclairaient de bas en haut, projetant son ombre sur le plafond. Derrière lui, contrastant avec son humble silhouette, se dressait une grande statue dorée du Bouddha Maitreya, le Bouddha de l'avenir, drapée de riches brocarts et de superbes soies brodées.

Le vieux moine qui les avait conduits jusqu'au cœur du monastère s'inclina et sortit sans bruit.

Le baron, Corto Maltese et le prince bouriate attendirent à distance respectueuse que l'Hutuktu achève sa méditation.

Le Dieu Vivant continua de chantonner à voix basse une très longue prière, puis, avec des gestes méticuleux, il referma son livre, prit l'écuelle de beurre rance mélangé à du thé et du sel qui était devant lui et but. Quand il eut reposé l'écuelle, il tourna très lentement la tête et les observa.

« *Om ! Mani Padme Hung !* » prononça le prince Djam Bolon les mains levées en prière devant son visage. « Grand *Pandita Hutuktu*, tes humbles serviteurs se prosternent devant ton immense sagesse pour connaître leur destin et celui du

191

valeureux peuple mongol. » L'émotion faisait un peu trembler sa voix. « Après avoir dépouillé, humilié et exilé les meilleurs de nos hommes, le dragon chinois a osé emprisonner le Bouddha Vivant, décréter sa fin et menacer de mort tous ceux qui se rebelleraient. » Il se tut un moment pour accorder à ces paroles toute leur gravité puis, indiquant le baron von Ungern-Sternberg et Corto Maltese, il poursuivit : « Les princes de la guerre viennent de très loin, grand *Pandita Hutuktu*, ils ont rassemblé beaucoup d'hommes courageux qui sont prêts à mourir, leurs chevaux piaffent sur les montagnes qui entourent Ourga et leurs épées sont encore trop brillantes. Ils attendent seulement que ta lumière éclaire leur route. »

L'Hutuktu leva la tête et prit une petite boîte d'argent qui pendait à son cou : elle était tout incrustée de turquoise et de corail, les couleurs de l'Espace et du Feu. Il l'ouvrit et en tira une minuscule fiole de parfum ; il inspira longuement, à plusieurs reprises, puis referma le tout.

« Le Bouddha Vivant ne meurt pas », commença-t-il. Il avait le ton grêle de quelqu'un qui ne parle pas à haute voix depuis très longtemps. « Son âme passe dans celle d'un enfant qui naît le même jour dans une yourte mongole ou tibétaine. Les *lamas* parcourent tout le pays pour observer les signes. Bouddha les conduit à la cabane d'un berger où est apparu un loup blanc, ou sur les rives du lac sacré de Tangri Nour, pour qu'ils lisent sur les écailles des poissons le nom du nouveau Bogdo Khan, ou au bord d'un ravin, où les voix des esprits leur suggèrent la personne à chercher, la direction à prendre. Le Bouddha Vivant ne pourra jamais mourir, et le dragon chinois ne sera pas capable de changer cette vérité. »

Il s'interrompit en inclinant la tête jusqu'à ce qu'elle touche presque le sol puis il continua de sa voix fluette.

« Mais le moment n'est pas encore venu, il reste beaucoup de jours au Bogdo Khan avant qu'il ne rejoigne le Nirvana et toi... — il indiqua Ungern — ... tu auras le grand mérite de le libérer de ses chaînes. Mais tu le feras avec des mains souillées de sang et tu ne jouiras pas longtemps de ta gloire en ce monde. »

Soudainement mis en cause, le baron, le regard plein d'orgueil, suivait avec ravissement les paroles qui sortaient de ces lèvres exsangues et toutes fines.

« Je suis prêt à mourir pour le triomphe de l'Esprit. L'épée est le grand moyen que le Bouddha m'a donné pour combattre le Mal. Jusqu'à ce jour je suis resté invulnérable aux balles, aux poisons, aux lames des couteaux de mes ennemis, au froid, mais le jour où la vie jaillira de mon ventre déchiqueté je réussirai enfin à comprendre la Signification et à voir la lumière du Roi du Monde. Si ma brève existence sert à vaincre le Mal, alors peut-être connaîtrai-je le royaume d'Agarttha... »

Le vieil Hutuktu leva brusquement la tête vers lui d'un air sévère qui fit mourir ses mots sur ses lèvres. Le prince Djam Bolon lui lança également un regard de feu.

Corto Maltese, intrigué, trouva le courage de poser une question.

« J'ai entendu une histoire curieuse à propos du royaume d'Agarttha, sage Hutuktu, et je voudrais savoir si elle correspond à la vérité. Un marin grec m'a raconté qu'un jour une violente tempête a jeté sa barque sur les côtes au pied du mont Athos. Quand, plusieurs heures après, il est revenu à lui sous un grand mûrier, un vieux moine se tenait devant lui et le regardait étrangement. Le moine le recueillit et l'emmena au monastère : il le traitait avec un respect immense, presque excessif. Devant les innombrables questions du marin, le moine lui révéla que venait de se répéter un événement survenu plusieurs siècles plus tôt. La même aventure, le naufrage et le sauvetage sous un mûrier chargé de fruits, était arrivée au IVe siècle à Arcadius, fils de Théodose Ier. L'empereur lui-même avait fait construire le monastère où ils se trouvaient, en hommage à la Vierge qui avait sauvé son fils. À cet endroit même, à Vatopédi, lui dit encore le moine, était apparue un jour la fille du Roi du Monde : elle avait parlé avec une icône représentant la Vierge de Vatopédi, qui lui aurait demandé de faire revenir sur terre le royaume d'Agarttha. Le marin n'a pas su m'en dire beaucoup plus sur ce royaume ni sur le Roi du Monde, mais j'aimerais savoir... »

L'Hutuktu l'interrompit d'un geste de la main et lui adressa un rapide sourire bienveillant.

« Nous pouvons te dire quelque chose, mais rien qu'une petite partie. Ma voix est vieille et fatiguée désormais, ce sera le prince des Bouriates, le sage Djam Bolon, qui te parlera à ma place. »

Le prince commença avec un regard d'une fixité anormale : « Toute chose au monde est en état perpétuel de transition. Les peuples, la science elle-même, les religions, les lois, les coutumes : tout évolue, change, se transforme, ou disparaît tout simplement. Ce qui demeure toujours inchangé c'est le mal. Il y a six mille ans, à l'époque du Kali-Youga, un saint disparut dans les entrailles de la terre avec tout son peuple pour ne plus jamais réapparaître. Nul ne sait exactement où ils se sont engloutis, ce qui est certain c'est qu'ils étaient à l'abri, loin du mal. Ce peuple a atteint la conscience la plus élevée et compte des millions d'âmes, il est gouverné par le Roi du Monde qui connaît tous les secrets de la nature et tient dans ses mains le grand livre des destinées des hommes. Ce royaume est celui d'Agarttha.

— Et la fille du Roi du Monde ? » demanda Corto.

Le prince ne l'écouta pas : il paraissait absent, dans un état de transe. Il poursuivit son récit d'une voix basse et cassée.

« Dans ces cavernes il y a une lumière particulière qui fait germer rapidement les graines et donne aux hommes une vie longue et sans maladies. Les grands prêtres gouvernent à partir de là toutes les forces visibles et invisibles de la terre. Leur pouvoir est sans limites : ils peuvent s'ils le veulent assécher les mers, incendier les montagnes, faire du monde un désert. »

Corto comprit tout à coup que cette voix si étrange n'était pas celle de Djam Bolon mais celle du vieil Hutuktu qui parlait par sa bouche.

« Afin de connaître tout ce qui se passe dans le monde, les *Pandita* nous envoient des messagers. Ils posent une main sur les yeux des plus jeunes et l'autre sur leur nuque, ce qui les fait sombrer dans un profond sommeil, ils les lavent ensuite avec des infusions et des herbes spéciales qui les rendent insensibles à toute douleur. Après quoi, ils prient, ils prient longuement et les jeunes gens se pétrifient peu à peu, mais ils peuvent tout voir, tout entendre, tout comprendre et tout garder en mémoire. C'est alors qu'un grand prêtre touche leur corps qui s'élève lentement et disparaît ; pendant que le gourou, immobile, les suit de son regard intérieur jusqu'au lieu où il les a envoyés. Les jeunes gens restent liés à sa volonté par des fils invisibles et parcourent les grandes distances du ciel en observant les étoiles, les planètes, le soleil, la lune et les lois qui en régissent les mouvements. Ils écoutent ce que disent les hommes, ils lisent leurs livres, connaissent leurs souffrances, leurs joies, leurs mesquineries, leurs désirs, leurs mérites et leurs vices. Ils pénètrent dans les flammes pour entrer en contact avec les créatures du feu qui font bouillir les lacs, fondre les métaux, flamber les forêts, se liquéfier les glaciers et brûler les sables des déserts. Ils glissent sur les particules de l'air, suivent les vents et s'insinuent entre les feuilles des arbres, dans les tentes des bergers, les voiles des marins et le tourbillon déchaîné des ouragans. Ils se mêlent aux particules d'eau et descendent dans les profondeurs des océans pour connaître les forces qui gouvernent les vagues, les tempêtes, les mouvements des marées, la pluie et les nuages, les ruisseaux, les fleuves, les sources... »

L'Hutuktu intervint : « Cela doit suffire. »

Le prince Djam Bolon sentit un frisson soudain lui secouer les entrailles et lui enflammer l'esprit puis, telle une mer bouleversée par une tempête brève et violente, il s'apaisa peu à peu. Il revint à lui et éprouva une sensation de bien-être.

« Tel est le pouvoir dont dispose Agarttha, conclut l'Hutuktu en s'adressant à Corto Maltese, et il n'est pas permis d'en savoir davantage. » Il fit une pause. « Nous avons dépensé beaucoup de paroles, c'est le moment de nous quitter. »

Il rouvrit avec soin son livre de prières avant d'inviter les trois hommes à se lever et s'approcher de lui l'un après l'autre.

« Va, sage et juste prince Djam Bolon, choisis ton successeur et jouis du détachement de la douleur de vivre, tu as mérité la paix du Nirvana et tu en es proche. »

Le prince tira d'un pan de sa tunique jaune une petite bourse de cuir, l'ouvrit et déposa aux pieds de l'Hutuktu un splendide anneau serti d'une grosse émeraude. Il s'inclina profondément et s'éloigna d'une démarche élégante.

Ce fut ensuite le tour du baron von Ungern-Sternberg.

« Va, toi aussi, épée de Bouddha, va et libère l'empereur de Mongolie, le *Bogdo Gebtsung Damba*, l'*Hutuktu Khan* d'Ourga. Va et apporte-lui ce présent de ma part. » Il détacha de son cou la précieuse boîte d'argent. « Le parfum de la civette l'aidera à mieux voir avec les yeux de l'esprit, à présent que ses pupilles sont fatiguées et obscurcies par le temps. Et souviens-toi : tu devras descendre à Ourga par les forêts sacrées du Bogdo-Ol, sainte demeure des dieux qui protègent notre Bouddha Vivant. Aucun Mongol ne pourrait les traverser sans perdre la vie, mais tu le feras, Ungern Khan. En passant par là, tu entreras dans le palais à l'improviste et tu le libéreras. Telle est ta mission, va. »

Le baron fit le salut militaire, le sabre dégainé sur la poitrine, tira d'une de ses bottes un poignard court à manche d'argent finement ciselé et le déposa à côté de l'anneau du prince. Il s'inclina légèrement et rejoignit le prince Djam Bolon hors de la salle.

« Va, toi aussi, retourne dans ton monde et continue à chercher comme tu l'as toujours fait. Aujourd'hui tu as appris une chose, rien qu'une chose. »

Corto sourit avec un bref salut et posa un de ses cigares près de la lampe à huile.

« Je n'ai aucun cadeau précieux à t'offrir, rien que ce petit voyage parmi les particules de l'air, un plaisir léger. »

Demeuré seul, l'Hutuktu ouvrit un coffre de bois à côté de lui : il contenait des bagues, des pierres précieuses, des monnaies, des lingots d'argent, une plaque de cuivre portant le symbole mystérieux du Roi du Monde et une feuille de papier pliée où était transcrite la dernière vision du Bouddha Vivant. Il prit l'anneau du prince et le poignard d'Ungern-Sternberg, y jeta un coup d'œil rapide et les rangea avec les autres objets, puis il ferma la serrure et recouvrit le coffre d'un vieux drap de soie.

Il approcha le cigare de Corto de la flamme et le porta lentement à ses lèvres.

CHAPITRE 13

Vers la frontière

Les trois cavaliers suivirent sans hâte le sentier qui descendait, laissant leurs chevaux libres de choisir à chaque pas le chemin à suivre et le rythme de leur marche. Chacun d'eux était perdu dans ses pensées, l'esprit occupé à poursuivre un avenir limpide ou nébuleux. Le vieux prêtre de Zhain, du haut de sa connaissance, avait rendu concret un univers fait d'intentions.

Le prince Djam Bolon pensait au fils qui lui succéderait et au destin de tout son peuple lié à la chute de l'empire des tsars. Il pensait aux idées nouvelles d'indépendance et de démocratie qui se répandaient dans toute l'Asie, à l'idéal d'un grand État mongol enfin libre de l'influence russe ou chinoise. Il pensait au cycle de sa vie, désormais proche de sa conclusion. Et il se sentait léger, débarrassé de toute angoisse et de toute illusion, le cœur déjà en route vers la paix et l'azur transparent du Nirvana.

Roman von Ungern-Sternberg éprouvait quant

à lui une sensation de plénitude. La dureté, la solitude, la cruauté qui avaient marqué ses jours passés se coloraient d'une nouvelle lumière. Tout ce qu'il allait devoir affronter désormais de terrible devenait nécessaire et utile au but ultime : l'accomplissement de sa grande mission. La fierté emplissait son cœur, son esprit était fort d'une détermination irrésistible.

Corto Maltese percevait clairement toute l'importance de cet instant, pour lui personnellement mais aussi et surtout pour beaucoup d'autres : il sentait que le ferment qui agitait ces régions était un phénomène d'une portée immense qui allait continuer à troubler et ébranler non seulement les hommes politiques et les gouvernements mais jusqu'aux certitudes mêmes de nombreux individus. Participer d'une quelconque façon à tout ce bouillonnement confus lui apportait une curieuse euphorie en même temps qu'un peu d'inquiétude. Les paroles du vieil Hutuktu et du chaman avaient contribué à accroître l'une et l'autre.

Quand ils arrivèrent en vue du campement il faisait déjà jour. Dès que les deux fidèles lieutenants du baron, Makeïevitch et Eremeïev, inquiets de son absence, le virent arriver, ils galopèrent à sa rencontre. D'un simple geste de la main, Ungern leur fit comprendre que tout allait bien.

Les cinq hommes descendirent en silence vers Daouria.

Les murs franchis, Ungern s'approcha du major Makeïevitch. « Faites préparer la division. Nous allons immédiatement marcher sur Ourga. » Puis il se tourna vers Corto Maltese. « Suivez-moi, j'ai à vous parler. »

Il descendit de cheval et entra chez lui. Il jeta son manteau et sa toque sur une chaise, prit une bouteille de vodka et emplit deux grands verres à ras bord.

« Buvez, Corto Maltese, cela vous réchauffera. »

Il vida vivement son verre et le posa sur la table d'un geste lent, presque calculé. Corto sentait tout le poids de l'attente et il s'en débarrassa en avalant lui aussi l'alcool d'un coup.

« J'ai une proposition à vous faire parce que vous me semblez un individu hors du commun, commença le baron, et que je dois mener à bien une entreprise également hors du commun. Comme vous l'avez entendu, j'ai très peu de temps. C'est du moins ce qu'il paraît... La division de Cavalerie asiatique que je commande va aller à la conquête d'Ourga, et de là nous repartirons pour combattre les bolcheviks qui mettent leur nez dans la politique mongole aidés par deux subversifs : Tchoï Balsan et Sukhé Bator. » Il se servit une autre vodka et se tut un instant, occupé par un souvenir. « Je connaissais déjà bien Sukhé

Bator lorsqu'il était jeune officier d'artillerie. Un homme très intéressant, vraiment. » Il contempla le liquide transparent à travers le verre. « Un soldat très capable. » Il vida son deuxième verre et se passa le dos de la main sur les lèvres d'un air satisfait. « Dommage qu'il ait choisi le bolchevisme.

— Mais pourquoi..., bredouilla Corto.

— Pourquoi je vous raconte tout cela ? Vous n'avez pas encore compris ? Je vous offre de me suivre dans cette grande entreprise, de donner un sens à votre misérable vie ! »

Corto fut rassuré. Il savait cependant qu'il devait faire preuve de délicatesse dans sa réponse : la réaction d'Ungern pouvait être imprévisible.

« Pardonnez-moi, baron, mais je ne vois pas pourquoi je devrais choisir Ourga et la Mongolie plutôt qu'une Cour secrète des Mystères à Venise.

— Parce que personne n'est tout à fait en accord avec soi-même, exclusivement avec soi-même. Je vous offre un nouvel empire !

— J'ai refusé beaucoup de choses lorsque j'étais plein de désirs insatisfaits. Chacun doit suivre ses rêves, ne croyez-vous pas ?

— Je vous prenais pour un aventurier au sens positif du terme et on dirait que je me suis trompé. Bizarre...

— Bizarre seulement parce que je n'accepte pas ? Vous m'étonnez, baron.

— C'est bon ! Je n'oblige personne à me suivre. "Non" est un mot très beau mais il faut le dire au bon moment, et vous avez eu le courage de le faire. Partez donc avec vos amis, dit-il en le poussant sur le seuil, et si vous en avez l'occasion, rappelez au monde qu'un destin tragique m'a été réservé. Adieu », conclut-il sèchement et il lui ferma la porte au nez.

Corto resta un instant immobile, incrédule et pensif, puis il chassa tout ce qu'il avait entendu et se mit à marcher. Avec soulagement, il respira à pleins poumons l'air froid et mouillé qui sentait la mousse et la fumée résineuse des feux qui brûlaient dans le campement. Il trouva Shanghaï Lil, surveillée à distance par une sentinelle, à la porte de leur prison qui bientôt n'en serait plus une. Il lui annonça brutalement : « Allons-y, il faut partir au plus vite.

— Que s'est-il passé ?

— Nous n'avons pas de temps pour les explications, Ungern nous laisse libres, dépêchons-nous.

— Nous avons appris qu'il y a par ici un groupe de patriotes mongols. Avec un peu de chance nous pouvons réussir à les rejoindre et à gagner la Mandchourie.

— Écoute, Shanghaï Lil, depuis que je te connais je n'arrête pas de traverser la frontière. J'en ai plein le dos de vous tous, et de moi-même.

— Pourquoi es-tu aussi amer ? Nous avons

réussi à soustraire l'or de la Russie aux impérialistes et maintenant nous sommes libres.

— Exact, et je veux ma part. » C'était la voix de Raspoutine derrière eux. Il était appuyé contre le chambranle de la porte, les mains dans les poches, une jambe tendue et l'autre croisée derrière le mollet ; il faisait la tête, déconfit.

« Raspoutine, j'en ai assez de toi aussi et de tes polémiques incessantes. Nous pouvons remercier le ciel d'être encore en vie.

— Ça ne me suffit pas, Corto ! »

Un piétinement de chevaux interrompit leur conversation et le jeune officier bouriate qui les menait sauta à terre non loin d'eux.

« Je suis le lieutenant Tchalin. J'ai ordre de vous escorter jusqu'à la frontière de Mandchourie. »

Il était presque cordial, même s'il ne parvenait pas à dissimuler sa surprise d'exécuter ces ordres inhabituels. Il tira de sa poche un chiffon roulé en boule et le tendit à Corto.

« Ungern Khan vous rend la casquette que vous avez perdue à proximité du canon. »

Le Maltais regarda le lieutenant droit dans les yeux et prit son couvre-chef. Il allait dire quelque chose mais il se retint : il valait mieux en rester là.

Ils montèrent tous en selle et se mirent en route vers la frontière.

Ils chevauchèrent longtemps dans le désert, dans un paysage sinistre et désolé, accompagnés par la respiration lourde des chevaux, le bruit de leurs sabots sur la neige, le cri lointain d'un oiseau.

Tout à coup, le lieutenant bouriate ralentit un peu et s'approcha de Corto.

« Vous avez eu de la chance, étrangers. Ungern Khan n'est pas toujours aussi généreux. »

Corto garda les yeux fixés sur les lignes grises qui menaient aux montagnes. Il finit par demander :

« Quand atteindrons-nous la frontière ?

— Dans deux ou trois jours, si le temps ne change pas », répondit le Bouriate en pressant son cheval.

Quand le soir tomba, le lieutenant Tchalin leva une main et ordonna de s'arrêter pour la nuit.

Alors seulement Shanghaï Lil alla vers le Maltais.

« Corto, je n'arrive pas à m'expliquer...

— Pourquoi le baron nous a laissés partir ? Je n'en ai pas la moindre idée. Ce n'est peut-être que le hasard qui a bien fait les choses. Ou alors une vision : un dragon noir brisé... »

Le train blindé du général Kouang avançait lentement sur la voie du chemin de fer de Mandchourie. Après son mariage avec la sœur du riche Tchang Tso-lin, puissant seigneur de la guerre et gouverneur de Mandchourie, Kouang l'avait fait peindre en noir et orner, au centre de chaque wagon, d'inscriptions et de splendides dessins en or dont il était très fier. Mais cette union récente lui avait procuré bien d'autres avantages : de nombreuses relations avec des politiciens importants et les plus hauts gradés de l'état-major japonais et, surtout, le commandement d'une véritable armée, celle de son beau-frère. Quand il s'était agi d'organiser et d'armer tous ces hommes, les Japonais n'avaient pas reculé : une aide précieuse était venue notamment du général Suzuki, membre éminent de la secte du *Kokuzyûkai*, le Dragon Noir, dont la principale ambition était de repousser les frontières occidentales japonaises jusqu'au fleuve Amour, qui en chinois s'appelait précisément « dragon noir ». C'était lui qui avait fourni les canons, les mitrailleuses, les munitions et les fusils transportés dans le train.

Le général Kouang, confortablement installé sur un divan de velours, regardait d'un œil distrait les installations d'une immense mine de fer qui défilaient devant lui. Des colonnes de dizaines et de dizaines d'ouvriers se pressaient hors des galeries, chargés de sacs de pierres. « Une armée de fourmis laborieuses, se dit-il. Eh oui, beaucoup de choses ont changé. » Il était content. Quelques années plus tôt cette région était encore couverte de forêts et la population était dix fois moins nombreuse. Désormais, les Japonais réussissaient à faire fructifier efficacement les immenses réserves de charbon et de fer. Ils en retiraient d'énormes profits, mais lui-même et sa famille allaient eux aussi s'enrichir démesurément, il en était sûr.

Deux coups secs à la porte de sa voiture le firent se retourner brusquement. Le colonel Tzeng avait en main une enveloppe scellée par un cachet de cire et le regardait affolé.

« Quelles sont les nouvelles ?

— Mon général, un message est arrivé de nos services secrets à Pékin. »

Kouang ouvrit calmement la lettre et la lut avec attention, puis il leva les yeux sur l'officier qui attendait.

« Ils nous communiquent que nos deux agents à Mandchouli ont été éliminés dans le train du général Semenov et que le chargement d'or de l'amiral Koltchak a sombré dans le lac des Trois Frontières. » Il se concentra de nouveau sur la feuille qui tremblait encore entre ses mains. « Bon, il ne nous reste qu'à avancer en train jusqu'à la frontière mongole et continuer ensuite par d'autres moyens. Ceci est sûrement l'œuvre de quelqu'un que je connais.

— Vous voulez parler des Lanternes Rouges, mon général ?

— Non, je parle d'un sale aventurier qui n'arrête pas de me mettre des bâtons dans les roues. »

CHAPITRE 14

Le pont de Bolkan

« C'est un officier blanc !

— Tu en es sûr ? »

Le caporal Bogdo régla ses jumelles et vit plus clairement le cavalier qui menait le petit groupe : un lourd manteau sombre, un colback d'agneau noir, un U jaune brodé sur la manche.

« Oui, confirma-t-il, ce doit être la division de Cavalerie asiatique, les fous exaltés d'Ungern-Sternberg.

— Alors tue-le, camarade Bogdo, c'est un ignoble impérialiste ! hurla le soldat Dao en faisant trembler son visage gélatineux.

— Il y en a un second habillé comme lui, celui qui ferme la colonne. Je ne comprends pas qui sont les trois autres, peut-être des prisonniers.

— Ou des espions, ou encore de sales collaborateurs.

— Il me semble que le personnage du milieu est une femme, elle pourrait être chinoise, mais je n'en suis pas sûr : son colback lui cache trop le visage.

— Et les deux autres ? Passe-moi les jumelles.

— Non, laisse-les-moi. Des Européens, je crois. D'après leurs vêtements, ce pourrait être des Russes.

— Ce sont tous des impérialistes, camarade caporal, pas de pitié, liquidons-les ! Mieux vaut tuer un innocent que laisser s'enfuir un seul de ces misérables !

— Commençons par ce qui est sûr, Dao. Celui qui les conduit est un officier d'Ungern-Sternberg, donc un assassin sanguinaire : commençons par venger tous nos camarades morts par son sabre. »

Le caporal Bogdo remit les jumelles dans leur étui et descendit de cheval. Il s'installa derrière un gros rocher, en balaya la neige avec son gant et posa soigneusement son lourd fusil sur la pierre en s'assurant de sa stabilité. Les cinq cavaliers étaient encore trop loin mais rien ne pressait : l'étroit défilé n'avait pas d'autre issue, ils allaient passer juste au-dessous de lui. Il alluma une ciga-rette. Quand il l'écrasa dans la neige, sa cible était à portée de tir : il visa calmement la poitrine de l'officier que le canon de son fusil suivit quelques secondes et il inspira. Puis il retint sa respiration et tira.

Le coup sec retentit soudain, violent, et par-courut toutes les anfractuosités muettes du défilé en mille échos qui se dispersèrent lentement comme des ondes sur un lac.

Le lieutenant Tchalin tomba à terre, frappé en plein cœur. Pendant que l'autre officier de la cavalerie asiatique éperonnait son cheval pour se mettre à l'abri du tireur caché, Shanghaï Lil prit son pistolet et tira sur lui avant de braquer son arme sur Corto et Raspoutine.

« Ne bougez pas. Nous réussirons peut-être à nous sauver. »

« Jetez vos armes ! cria le caporal Bogdo. Vous venez du mauvais côté. » Il regarda Shanghaï Lil qui entre-temps avait laissé tomber son pistolet par terre. « Vous nous aidez à tuer vos guides. Qui êtes-vous ? Où allez-vous ?

— Camarade caporal, dit Shanghaï Lil d'un ton décidé, je suis une amie personnelle du camarade Sukhé Bator. » Voyant que ses mots n'obtenaient pas le résultat espéré, elle étendit le pouce et le petit doigt de la main droite et mit dessous le dos de la main gauche avec l'index levé. « Regarde, dit-elle, tu connais ce signe ? »

L'expression dure du caporal se transforma en un large sourire.

« Bien sûr ! Nous sommes avant tout mongols et asiatiques, répondit-il en s'inclinant respectueusement.

— C'est exact, camarade. L'Asie aux Asiatiques. Et maintenant dis-moi : où se trouve Sukhé Bator ?

— Mais tu... Oh, ça alors ! Comment est-ce possible que je ne t'aie pas reconnue tout de suite ? Nous devons avoir beaucoup changé depuis la dernière fois que nous nous sommes vus. Je suis Bogdo, le frère cadet de Sukhé Bator !

— Bogdo... mais oui, à l'école russe d'Ourga, il y a sept ans...

— C'est bien ça. Qu'est-ce que tu as fait pendant tout ce temps ? Ah, mais je suis au courant : j'ai appris que tu avais rejoint les Lanternes Rouges, que tu as changé de nom, que... » Shanghaï Lil lui coupa la parole.

« Oui, je te raconterai tout plus tard. Maintenant, conduis-moi à ton frère, s'il te plaît, je suis impatiente de le revoir. »

Quand ils atteignirent le camp de Bokan, Shanghaï Lil sauta à terre la première et se précipita vers Sukhé Bator.

« Mon ami ! s'exclama-t-elle avec effusion.

— Ami ? Autrefois peut-être... »

Après avoir prononcé une phrase aussi acide, Sukhé Bator la regretta et chercha à la réparer avec un sourire généreux et sincère.

« Bienvenue ! » dit-il en la prenant dans ses bras.

Quand il la lâcha il vit Corto s'approcher.

« Tu as amené avec toi un officier d'artillerie russe ? Quelle délicate pensée...

— Il n'est pas russe et ce n'est même pas un militaire. Il s'appelle Corto Maltese.

— C'est ton mari ? »

Shanghaï Lil, amusée, secoua la tête.

« Non. C'est un chat solitaire.

— J'ai beaucoup entendu parler de vous, je suis heureux de vous connaître », dit Corto en lui tendant la main.

Sukhé Bator la lui serra mais la lâcha aussitôt, distrait par l'arrivée d'un cavalier au galop. Le messager parvint à dire en haletant :

« Le train du général Kouang se dirige vers la vallée.

— Jamais il ne s'était aventuré aussi loin au nord. Allons-y, nous devons absolument l'arrêter !

— Nous avons un compte à régler avec le général Kouang. Si vous n'y voyez pas d'inconvénient, nous voudrions vous aider », proposa Corto.

Le fleuve Bolkan divisait nettement la vallée en deux moitiés : vue d'en haut, c'était une fracture qui descendait des montagnes et incisait avec une précision géométrique l'étendue plane du haut plateau. L'eau s'était ouvert un chemin avec la violence et l'énergie des rudes montagnes d'où elle venait, creusant la terre pour s'y ménager un lit profond où reposer tranquille.

Le train noir du général Kouang avait ralenti sa marche et se trouvait à présent du côté de la vallée où s'élevait la petite ville de Bolkang-Nor. Plus loin, il allait traverser le pont sur le fleuve et pénétrer ensuite dans les montagnes de Mongolie.

Le colonel Tzeng entra dans la voiture du général pour annoncer : « Le charbon est presque épuisé.

— Bien, cela signifie que nous allons faire une halte de quelques heures dans ce joli village », répondit Kouang en regardant par la fenêtre les premières masures de Bolkang-Nor. « D'ailleurs, les soldats ont besoin de s'amuser un peu. Il doit bien y avoir des bordels ici ! »

À peine le train se fut-il arrêté au centre de l'agglomération que des pauvres maisons et des yourtes fumantes commencèrent à sortir des curieux et des vendeurs de toutes sortes de marchandises : l'arrivée d'un train était toujours un grand événement pour tous. Des bandes d'enfants recouverts d'une véritable patine de crasse qui contribuait sans doute à les protéger du froid et emmitouflés dans des morceaux de feutre ou des peaux de mouton riaient et couraient dans tous les sens, se poursuivaient, cherchaient à toucher les grandes roues des voitures et les armes des soldats, s'amusaient à sauter dans les bouffées de vapeur qui sortaient en sifflant de la locomotive.

Un berger improvisa pour les soldats une espèce de taverne autour d'un grand feu où il mit à rôtir d'énormes morceaux de mouton pendant que son épouse, une femme entre deux âges qui avait l'air d'une gamine à cause des rubans multicolores et des perles qu'elle portait sur la tête, faisait cuire dans un chaudron noirci par la fumée une soupe malodorante à base de viscères de bêtes, de pommes de terre et d'oignons. Leurs innombrables enfants chassaient avec de longs bâtons une horde de chiens étiques qui, poussés par la faim, s'acharnaient malgré les coups à attraper un os ou un bout de viande. Une vieille femme coiffée d'un curieux petit chapeau orné de corail et de turquoises passait entre les tables en vendant des tonnelets de vodka artisanale et des tasses de thé parfumé, très noir et bouillant.

Deux officiers russes qui se trouvaient dans le train en qualité d'instructeurs, très élégants dans leur uniforme impeccable, observaient avec un certain détachement ces scènes de fête villageoise un peu primitives.

« Qu'est-ce qui t'arrive, Douchov ? demanda l'un.

— Que veux-tu qu'il m'arrive, je me sens mortifié, voilà tout. J'ai étudié à l'académie et à l'école impériale russe pour me retrouver au service d'une bande d'assassins comme ces seigneurs de la guerre et leurs sous-fifres. Notre pays en proie au bolchevisme, nos traditions anéanties, mes amis disparus ou fusillés... comment veux-tu que je me sente ? »

L'officier lui offrit une cigarette. Après l'avoir allumée, Douchov s'épancha encore.

« L'amiral Koltchak a été trahi par nos alliés, et nous ? Plantés là comme des crétins. Qu'est-ce qui nous reste à faire ? Rejoindre le baron von Ungern-Sternberg, le seul qui ait encore un peu d'orgueil, ou alors nous enfuir, loin de ce pays désormais détruit, pour devenir maître d'hôtel à Paris ou chauffeur de taxi à New York.

— Ne t'en fais donc pas tant, Douchov, tu n'es pas indispensable, personne ne l'est.

— Ça, je le sais très bien. Mais toi, fais-moi plaisir, conclut-il en tapant sur l'épaule de son ami, ne me pose plus de questions. »

Quand le train s'ébranla, Corto Maltese et Raspoutine réussirent à grimper dans le wagon de queue en se mêlant à la foule d'enfants braillards, de femmes qui réclamaient leur argent aux soldats, de vendeurs qui proposaient des cigarettes ou des sachets d'opium.

Ils s'assirent parmi les caisses empilées qui occupaient le wagon. D'après leurs plans, ils devaient arrêter le train sur le pont de Bolkan où

Shanghaï Lil, Sukhé Bator et ses hommes auraient tendu une embuscade. Raspoutine frappa la caisse à côté de lui avec un sourire malin et demanda :

« Tu sais ce qu'elles contiennent ?

— Précisément ce qu'il nous faut », répondit Corto en se levant.

En quelques mouvements efficaces de son couteau de marin il ouvrit une caisse au hasard et choisit deux beaux Luger ainsi que des boîtes de balles.

« Allons-y ! »

Passés dans le wagon suivant où se trouvait la base de la tourelle mobile de l'un des canons, ils virent sur l'escalier en colimaçon qui montait sur le toit les bottes du canonnier et du servant de la pièce. Ils échangèrent un rapide regard de connivence et continuèrent d'avancer. Quand ils eurent ouvert la lourde porte qui communiquait avec le troisième wagon, ils se trouvèrent face à quatre Chinois qui jouaient aux cartes assis par terre. Les quatre têtes se tournèrent en même temps. L'un des hommes se leva et s'avança résolument vers Raspoutine. Il était plutôt petit et fluet : à côté de lui, Raspoutine paraissait énorme dans son grand manteau fourré.

« Eh, toi, lança-t-il avec une voix bien plus énergique que sa stature ne pouvait logiquement le laisser supposer.

— C'est à moi que tu parles ? » Raspoutine écarta un peu les jambes.

« Oui, avec toi, je ne t'ai encore jamais vu !

— Moi non plus. » Raspoutine lui saisit la tête et la cogna violemment contre la tôle. Le vacarme du train n'empêcha pas d'entendre un bruit sec de branche cassée et le Chinois tomba à terre sans un cri, le crâne ouvert en deux.

Les autres soldats n'eurent pas le temps de réagir, de comprendre, ni même, sans doute, de s'inquiéter : Corto Maltese les abattit de trois balles précises de son Luger. À la vue des cadavres, Raspoutine sourit. Il sourit de tout son corps, il ouvrit grande la bouche en découvrant la rangée de longues dents jaunes, ses yeux brillèrent de bonheur, il tendit les bras vers son ami.

« Ah, voilà le Corto Maltese que j'aime. Tu vois que tu sais tirer quand tu veux !

— Il y a un temps pour parler et un temps pour tirer. Nous n'avions guère le choix. Nous serons bientôt sur le pont, il ne nous reste que quelques minutes. Dépêchons-nous ! »

Ils retournèrent dans le deuxième wagon et surprirent par-derrière les deux soldats qui fumaient dehors, dans la tourelle, ignorant tout ce qui s'était passé. Une simple poussée suffit pour les précipiter sur la voie.

« Allons-y, Ras, tournons ce canon, nous devons tirer sur les autres tourelles !

— Écoute, Corto, y a-t-il au moins une raison

pour faire ce que nous faisons ? » Certes, Raspoutine n'avait pas l'habitude d'agir sans but précis ou plutôt sans la perspective d'un avantage matériel.

« Qu'est-ce qu'il y a, Ras, ta conscience te ronge ? Non, je ne pense pas qu'il y ait une raison. C'est une folie. Mais suis-moi dans cette folie, mon ami ! » Il lui donna une petite claque affectueuse.

« J'ai compris, je dois me contenter de penser que je risque ma vie à cause d'un Chinois qui t'est un peu antipathique », pesta Raspoutine. En réalité, il n'était pas du tout mécontent : ce petit mot que Corto avait lâché en passant, « ami », continuait à lui trotter dans la tête.

Dès qu'apparut l'enchevêtrement compliqué de piles de bois et de poutrelles de métal qui constituait le long pont de Bolkan, Corto Maltese se mit à tirer.

Les soldats sur les tourelles voisines ne purent pas riposter : seule celle de queue, où se trouvaient Corto et Raspoutine, et celle de tête tournaient à 360°, car elles devaient protéger le train contre d'éventuelles poursuites ou des barrages de front, tandis que toutes les autres avaient une mobilité limitée. Quand les soldats en tête du train se rendirent compte de ce qui se passait en queue, Corto avait déjà mis plusieurs canons hors service.

Postés sur les hauteurs qui dominaient le fleuve, en territoire mongol, Sukhé Bator, Shanghaï Lil et les soldats au bonnet orné d'une étoile rouge suivaient la progression du train dans la vallée.

« Tenez-vous prêts ! » cria Sukhé Bator à ses hommes qui se rassemblèrent aussitôt autour de l'obusier.

Shanghaï Lil pointa ses jumelles sur le convoi et l'examina attentivement sur toute sa longueur : les lourdes plaques du blindage, les tourelles des canons, les multiples fentes de tir pour les mitrailleuses ; elle pouvait distinguer les hommes près des pièces, leur colback, les ornements, les lettres dorées... Soudain elle sursauta et ce fut comme si un vent glacé lui traversait le corps : sur le flanc de la locomotive resplendissait en noir et or le magnifique dessin d'un dragon chinois crachant des flammes.

Elle abaissa ses jumelles et continua de regarder le long train noir qui se déroulait lentement, wagon après wagon, sur la courbe qui le menait au pont ; il ressemblait à un animal préhistorique grotesque, un serpent à la carapace cornée qui s'apprêtait à attaquer sa proie. Elle estima la brève distance qui séparait de leur pont cette odieuse machine de mort et de destruction et fut satisfaite : le dragon noir allait bientôt être mis en pièces.

Le colonel Tzeng fit irruption dans le wagon du général, le visage bouleversé par la colère et la surprise.

« Que se passe-t-il ? » cria Kouang irrité par cette intrusion brutale. D'un geste rapide il cacha dans un tiroir le livre qu'il était en train de lire.

« Mon général, l'un des artilleurs de queue s'est mutiné et tire sur les autres tourelles ! »

Kouang se leva d'un bond et ouvrit sa fenêtre. Il mit la tête dehors à la façon souple et circonspecte d'une tortue qui sort de sa carapace. Le train achevait à cet instant sa large courbe avant le pont et Kouang put ainsi voir la queue du convoi et constater qu'en effet on tirait de la dernière tourelle.

« Les misérables ! Ils ont osé tuer mes canonniers, ils me le paieront ! Colonel, allez trouver l'instructeur russe au canon de tête, le lieutenant Douchov, c'est notre meilleur tireur. Ordonnez-lui d'abattre la dernière tourelle dans deux minutes : je veux avoir le temps de voir le traître en face. »

La locomotive noire s'était déjà engagée sur le pont vertigineux qui reliait la vallée de Bolkan aux montagnes mongoles. Le machiniste japonais jeta un œil sur le ravin qui s'étendait au-dessous de lui et prit la précaution de freiner un peu. Il considéra la ligne fragile de la voie qui s'étendait sur près de cinq cents mètres de structure solide et fut heureux d'une chose : ce pont avait été voulu et construit par ses compatriotes, et c'était lui, le machiniste le plus expert de l'armée impériale nippone, qui en avait fait l'essai, quelques années plus tôt. Il savait qu'il était prévu pour une vitesse de quinze kilomètres à l'heure, mais le train de Kouang était très lourd et pour ne pas courir de risques inutiles il était plus prudent de s'en tenir à dix. Il plaça le levier sur le huit et avança, avec un mélange d'orgueil et de crainte.

Arrivé aux wagons de queue, le général Kouang trouva les corps de ses hommes par terre au milieu des cartes à jouer. Il jura, donna des coups de pied dans tout ce qu'il rencontrait, puis se souvint de ses ordres et consulta sa montre : une minute s'était déjà écoulée. Il alla à la porte du dernier wagon et voulut l'ouvrir mais elle était bloquée de l'extérieur. À travers la vitre il vit Corto et Raspoutine sur la tourelle.

C'est alors que retentit une explosion qui se répercuta faiblement dans les montagnes d'où elle était partie. Le projectile passa en sifflant à quelques mètres au-dessus de la voie et alla s'écraser loin du pont, au fond du ravin, en soulevant des morceaux de glace et des éclats de roche.

Corto Maltese et Raspoutine, stupéfaits, levèrent la tête vers les montagnes.

« Mais qu'est-ce qu'ils fabriquent ? Ils nous tirent dessus, maintenant ? hurla le Russe.

— En effet, on dirait un cadeau de Shanghaï Lil », soupira le Maltais avec un sourire amer.

Pendant ce temps, Kouang avait réussi à briser la petite vitre de la porte bloquée et les menaçait de son pistolet, sans bien les viser. Avant de tirer, il siffla entre ses dents :

« Corto Maltese ! ! ! »

Corto et Raspoutine eurent le temps de s'abriter derrière le socle du canon et les caisses de munitions.

« Il nous a coincés, Corto. Si nous remuons d'un centimètre il nous tirera comme des pigeons.

— Tu as raison, la seule solution est de sauter sur le toit de son wagon pour le surprendre par-derrière. Je m'en occupe, Ras. Pendant ce temps, tire, même si tu ne le vois pas, ça n'a pas d'importance, couvre-moi pendant quelques secondes seulement, donne-moi un peu de temps et fais en sorte que Kouang se baisse. »

Le train avait atteint le milieu du pont et le tir de l'obusier se faisait beaucoup plus précis. Le dernier projectile avait arraché un morceau de treillis : il suffisait d'un dernier petit réglage.

Le colonel Tzeng montra à Douchov un mince filet de fumée qui montait d'une zone plate prise entre les montagnes et il pointa ses jumelles dans sa direction.

« Les voilà, là-haut, heureusement ils n'ont qu'un petit obusier et tirent très mal. Occupons-nous d'abord d'eux, le traître peut attendre. Prouvez-moi votre adresse, lieutenant, si vous voulez que nous restions vivants. »

Douchov fit tourner rapidement la tourelle, cligna des yeux, estima la distance et régla la hausse. Il visa la petite fumée grise qui se dissipait, regarda de biais le colonel et enfin tira. Le puissant canon qui provenait d'une frégate de la marine japonaise recula en grinçant sur ses supports et l'obus s'écrasa sur l'arête rocheuse.

Tzeng contrôla avec ses jumelles les effets du tir : dévastateurs. Il allait féliciter Douchov quand il aperçut du coin de l'œil des petits points noir et rouge très au-dessus de l'endroit atteint. Il régla mieux ses jumelles : les rebelles étaient tous là, indemnes. Ils agitaient le drapeau à l'étoile rouge et l'un d'eux, un peu à l'écart, avait les mains sur... pas de doute : le piston d'un détonateur.

« Les chiens... l'obusier n'était qu'une diversion, soupira-t-il en fixant attentivement la base des piles, il y a de la dynamite partout, c'est la fin. »

Les puissantes explosions simultanées firent s'écrouler comme un château de cartes le solide pont de Bolkan et le train tomba dans le vide en s'enroulant sur lui-même.

Sur la hauteur les bras se levèrent, des hurlements de victoire retentirent.

« Nous avons réussi ! » cria Sukhé en brandissant son fusil vers le ciel. Il se tourna vers Shanghaï Lil avec un sourire radieux : « Splendide opération, nous sommes fiers de toi, camarade !

— Je n'arrive pas à me réjouir, Sukhé Bator, répondit-elle en regardant le désastre fumant au-dessous d'eux. Nous avons trahi et sacrifié deux amis. Nous devrions descendre voir s'ils se trouvent parmi les survivants.

— Nous ne pouvons pas, camarade, tu le sais. Tchang va bientôt envoyer ses hommes ici. La zone sera envahie de Chinois et de Japonais. Nous devons nous hâter si nous voulons récupérer le wagon de l'or dans le lac des Trois Frontières.

— C'est vrai. Alors allons-y. »

Ils s'éloignèrent avec les autres pour rejoindre le reste des hommes cachés derrière une colline avec les chevaux.

Shanghaï Lil marchait la tête basse, elle détournait les yeux, évitait de parler, consacrait toute son énergie à essayer de dominer les sentiments contradictoires qui la pénétraient malgré elle. Elle savait qu'il suffirait d'un rien pour rendre ces efforts inutiles. Et ce rien arriva : quand ils eurent rejoint leurs camarades, Sukhé Bator s'approcha d'elle.

« Tu pleures ? lui demanda-t-il tout étonné.

— Pleurer ? moi ? » Shanghaï Lil se défendit en relevant le menton et en battant des paupières trop vite. « Tu te trompes, Sukhé Bator, mais même si c'était le cas, ça me regarde.

— Tu as mauvais caractère, camarade, mais ça aussi ça te regarde. Bon, on y va ?

— Je suis prête ! »

Elle resserra son col de fourrure et d'un coup d'éperons lança sa monture au galop.

CHAPITRE 15

Épilogues

(accompagnés de témoignages)

1.

... Je suis Targum, fils de Bolo, de la famille des Bouriates. C'était l'heure du lièvre dans le signe du singe-hou lorsque les miens sont arrivés sur place. Il ne restait que des morceaux de fer tordus, des poteaux de bois brûlés et une horde de loups qui commençait à s'approcher des corps déchirés de tous ces soldats. Nous avons trouvé quelques survivants parmi les cadavres : nous les avons emmenés avec nous, soignés avec nos plantes puis nous avons remis à un officier japonais, à Haïlar, ceux qui avaient pu résister au voyage...

... Lieutenant Soto, de l'armée impériale nippone. Oui, c'est moi qui ai accueilli la caravane des bergers nomades. Ils m'ont confié des soldats russes et chinois. Ils m'ont dit les avoir trouvés sur le lieu d'une cata-

strophe ferroviaire aux abords du fleuve Bolkan, aux confins de la Mongolie. (...) Oui, d'après le registre d'admission de l'hôpital les deux individus dont vous parlez se trouvaient parmi les blessés. Ce sont le capitaine de marine Corto Maltese et le capitaine de marine Raspoutine. (...) Ils ont été transférés à Harbin mais je ne saurais pas vous dire pourquoi. Notre hôpital n'était probablement pas équipé pour les soins qu'ils nécessitaient.

... Oui, enchanté, major Tippit de l'armée de l'Air américaine. Corto Maltese ? Nous nous sommes rencontrés dans un établissement de bains de Shanghaï et nous sommes aussitôt devenus amis. Quand j'ai appris qu'il était hospitalisé dans un hôpital militaire japonais à Harbin je suis allé le voir immédiatement et je l'ai trouvé en bien mauvais état. Il avait été blessé aux yeux. Une explosion inouïe, m'a-t-il dit, le train blindé du général Kouang a sauté et a été réduit en bouillie. C'est un miracle qu'il s'en soit tiré. Dès qu'il s'est remis je l'ai aidé à partir pour Hong Kong. (...) Non, je ne connais pas le capitaine Raspoutine, je ne l'ai jamais vu à l'hôpital, il était peut-être dans une autre salle, ou bien on l'avait déjà laissé sortir. La duchesse Marina Semianova ? Vous la connaissiez aussi ? Ah, de réputation. Eh oui, c'était une femme extraordinaire. Vous voulez un Connecticut Cigar ?

... Certainement, vous pouvez m'appeler Longue Vie. Corto Maltese est venu ici à Hong Kong pendant la première moitié du mois de mars. C'était une époque difficile, difficile pour tout le monde. Il était le seul à ne pas avoir l'air de s'en apercevoir : il ne cherchait qu'à savoir où se trouvait le général Kouang, et celui-ci était précisément à Hong Kong. Le général Kouang appartenait à la secte du Dragon Noir, une organisation militaire soutenue par les Japonais et ennemie de la Triade. Ah, vous le saviez ? Eh bien, Kouang avait réussi à échapper à une catastrophe ferroviaire provoquée par Corto Maltese lui-même et par une « réaction » des Lanternes Rouges à la frontière de Mongolie. Il se cachait à Hong Kong sous le nom de Wou-feng et faisait le commerce d'armes. La Triade avait décidé de l'éliminer et elle s'est servie de l'aide de Corto Maltese, attendu qu'il semblait beaucoup y tenir...

Au crépuscule, Corto Maltese frappa à la porte du général Kouang. Sans un mot, le robuste serviteur tibétain qui l'avait aussitôt reconnu le mena dans les corridors de la grande maison plongée dans une douce pénombre. Ils marchaient sur des tapis moelleux, entre de fins panneaux de bois et des meubles bas de couleur claire. Partout, dans un agréable courant d'air léger, flottait un parfum ténu de roses fraîches.

Le général était assis dans sa chambre, complètement dissimulé par une longue tunique sombre.

Corto hésita d'abord à le reconnaître : il lui parut beaucoup plus maigre, le visage creusé, souffrant, presque un autre homme. Mais quand le général approcha la tête d'une bougie pour allumer une cigarette, il revit la férocité de son regard et le trouva inchangé.

« J'étais sûr que vous viendriez un jour, dit Kouang d'une voix étouffée. Je ne cesse de vous attendre depuis que je sais que vous avez survécu à l'explosion. Vous avez mis du temps.

— Je suis venu vous voir mourir, répliqua froidement Corto.

— Vous avez amené la police ? » insinua le général en haussant les sourcils. Il ne lui restait plus que la cruauté verbale pour exprimer son ancienne violence.

« Quelle sottise vous dites là, général. Je ne ferais jamais une chose pareille et je ne trouvais pas nécessaire de vous le rappeler. » L'indignation de Corto était volontairement exagérée. « Il est clair que vous n'êtes plus que l'ombre de vous-même, et je ne peux pas me battre contre les ombres. Je n'ai plus de raison de m'attarder, adieu. »

Il se dirigea vers la porte, mais avant de l'ouvrir il alluma un cigare avec soin : ce court instant était la dernière chance qu'il accordait à Kouang. Et Kouang ne la laissa pas échapper. C'était un homme intelligent : il savait que montrer un orgueil excessif à l'approche de sa fin pouvait être aussi inutile, stupide et néfaste qu'augmenter la voilure dans une tempête.

Il cria : « Corto Maltese ! » puis il baissa la tête et parla très bas, presque dans un murmure douloureux : « Je vous prie d'accepter mes sincères excuses. N'humiliez pas un ennemi désormais vaincu. »

Corto resta muet quelques secondes.

« J'accepte vos excuses, général, dit-il enfin avec un salut de la tête.

— Je n'ai plus qu'un désir avant de quitter ce monde : connaître le nom de l'homme qui a réussi à nous berner tous les deux.

— C'est une femme, pas un homme. Elle s'appelle Shanghaï Lil, des Lanternes Rouges. »

À petits pas lents et dansants Kouang s'approcha d'un vase débordant de roses au parfum très doux.

« Shanghaï Lil ? » Il choisit la plus belle rose et en effleura les pétales avec autant de délicatesse que lorsqu'on caresse un nouveau-né. « On dirait un nom d'opérette américaine, inattendu pour un adversaire aussi formidable, non ?

— En effet. »

Le général coupa soigneusement la tige de la rose, la débarrassa des feuilles les plus basses et les plus grandes pour ne laisser que les plus petites et les plus délicates et il la tendit à Corto.

« Quand vous la reverrez, car je suis certain que vous la reverrez, donnez-la-lui avec mes compliments les plus sincères. De toute façon, ce fut une belle aventure, vous ne croyez pas ?

— Malédiction, Kouang, vous devenez romantique.

— Peut-être. Mais... »

Il ne put pas terminer sa phrase : son fidèle serviteur tibétain, embarrassé, venait d'entrer dans la pièce en compagnie de trois policiers. Avant même de penser aux conséquences possibles de cette visite importune, Kouang sentit l'odeur du tabac à pipe, et celle de mélasse, caractéristique des uniformes anglais. Le parfum délicat de ses roses avait disparu.

« Bonsoir, général Kouang, déclara le lieutenant Barrow avec un sourire glacé. Au nom de Sa Gracieuse Majesté britannique je vous déclare en état d'arrestation. »

Kouang demeura impassible, il ne donna aucun signe de trouble. Il lança un regard rapide à son serviteur et lui ordonna de lui préparer du thé puis il se retourna vers l'officier.

« Excusez-moi, lieutenant, de quoi suis-je accusé ?

— Vol, sédition, meurtres, vente d'armes et trahison », chantonna nonchalamment Barrow comme s'il s'agissait d'une rengaine sans importance. Puis il toisa Corto Maltese, immobile à côté du général. « Encore dans les parages, commandant ?

— À ce qu'il paraît, répondit Corto avec insolence.

— J'ai suivi votre histoire, j'ai demandé de nouveaux dossiers. Une vie intéressante que la vôtre, ainsi que celle de votre ami, le commandant Raspoutine. Lui aussi est repassé par ici et comme d'habitude il a disparu une nuit sans lune. Vous n'avez aucune idée d'où il a pu aller ?

— Vous continuez à me poser toujours les mêmes questions, lieutenant. Si ça vous amuse... »

Le serviteur tibétain était revenu entre-temps et servait cérémonieusement le thé à son maître. Barrow protesta en soufflant et en tambourinant du pied.

« Général, vous devez me suivre immédiatement. Vous n'avez peut-être pas compris la gravité de la situation.

— S'il vous plaît, lieutenant, dit Kouang avec un sourire, rien qu'un instant de patience, quelques gorgées et je suis prêt.

— Ce n'est vraiment pas possible, le major Osborne et le colonel Rand nous attendent au poste de commandement, ce sont des hommes importants, ils n'ont pas l'intention de perdre leur temps. Allons, venez ! Je ne vous accorde pas une seconde de plus. »

Kouang ne bougea pas de son fauteuil, la petite tasse de porcelaine à la main et les yeux mi-clos dans une expression de sérénité.

« Général, ne m'obligez pas...

— Arrêtez, lieutenant, vous ne voyez pas qu'il est mort ? » Corto secouait à peine le corps du général.

« Comment ? Mort ? C'est impossible...

— Il y avait du poison dans sa tasse, c'est évident.

— Alors... c'est son serviteur ? Saisissez-le ! » ordonna Barrow aux deux policiers indiens.

« Une Oreille n'a fait que ce que le général avait préparé depuis longtemps », affirma Corto en haussant les épaules. Il savait qu'il parlait à un mur : il y avait une logique parfaite dans la fin du général, mais Barrow ne pourrait jamais comprendre.

« Même si c'est le cas, cela reste toujours un homicide. »

Sans perdre davantage de temps, Corto dit : « Une Oreille, nous vous trouverons un bon avocat. J'aime les gens loyaux. »

Le Tibétain salua et répondit en souriant :

« Je vous remercie, Corto Maltese. Vous êtes un homme sage et bon.

— Mais vous parlez ! s'étonna Corto. Je vous croyais muet...

— C'est que je n'avais rien à dire.

— Je vois », dit Corto. Il était ému.

Le gros Tibétain sortit de la maison escorté par les agents et cria :

« Adieu, Corto Maltese ! »

2.

... *Mon nom est Ling, je suis expert agronome dans la région de Kiangsi. J'ai vu arriver Corto Maltese un beau matin d'avril. J'étais avec des paysans quand il est venu me demander si je connaissais une jeune fille du village.*

Je l'ai conduit auprès d'elle et nous avons dû marcher longtemps. Quand il faisait beau, Shanghaï Lil aimait aller donner ses cours dans les champs ; elle disait que l'on parle mieux des choses de la vie quand on est en pleine nature, et c'était vraiment une matinée splendide, le soleil chauffait et le ciel était d'un bleu limpide, comme sait l'être le ciel du Kiangsi après que les pluies de mars ont lavé l'atmosphère et nourri la campagne. Les champs étaient verts et gonflés de vie, les rizières commençaient à se couvrir de pousses. Je me souviens aussi que ce jour-là des centaines de papillons jaunes voletaient de tous les côtés parmi les pêchers, les amandiers, les cerisiers en fleur.

Shangaï Lil faisait cours sous un grand chêne : c'était sa place préférée. Quand ils se sont vus, ils se sont observés de loin sans rien dire, immobiles. Je me souviens que je me suis senti un peu gêné. Puis Lil a éloigné ses élèves et me l'a présenté. Je connaissais bien leur histoire : je savais qu'ils s'étaient rencontrés au cours d'une opération révolutionnaire courageuse et réussie et que Corto Maltese était un homme loyal et courageux.

J'ai décidé de les laisser seuls.

Shanghaï Lil ne portait qu'une longue tunique de toile bleue et un large chapeau de paille grossière, et pourtant elle était belle.

« Qui sont ces jeunes filles ? lui demanda Corto avec un léger sourire. Des apprenties Lanternes Rouges ?

— Bientôt. Pour le moment ce ne sont que des étudiantes de la nouvelle école du Kiang et je suis leur professeur. »

On sentait dans sa voix un certain embarras ; elle avait la tête inclinée sur le côté comme pour se protéger du soleil.

— Professeur ? Alors tu as cessé de tirer sur tes amis...

— Il y a des choses que tu ne sais pas, Corto. J'aimerais te les dire, un jour.

— Un jour ? Je ne pense pas revenir par ici de sitôt.

— Es-tu prêt à m'écouter jusqu'à la fin sans m'interrompre ? Ce que je te dirai ne pourra peut-être pas tout justifier mais... »

Corto accepta d'un signe de tête.

« Mon activité dans la guérilla n'a été que provisoire. Je connaissais Sukhé Bator et la zone nord, c'est pourquoi le gouvernement démocratique du Kuomintang m'a envoyée comme agent auprès des révolutionnaires mongols. J'avais pour mission de m'emparer de l'or russe avant qu'il ne tombe entre les mains des impérialistes et de leur allié Tchang Tso-lin. J'ai dû faire un double calcul... » Elle ôta son chapeau, le serra entre ses mains et regarda Corto droit dans les yeux. « M'allier avec toi pour te contrôler et en même temps travailler avec le gouvernement du Kuomintang pour neutraliser les autres concurrents.

— Où est l'or ?

— L'or de Koltchak ? » Shanghaï Lil sourit. « Il sera utilisé pour construire une grande centrale hydroélectrique qui servira à la Chine, la Mongolie et la Russie. Toi et Raspoutine avez contribué à un acte de justice important. L'Asie et les faibles Lanternes Rouges vous remercient.

— Les faibles Lanternes Rouges ? » Le Maltais se mit à rire. « Il y a un bon bout de temps que j'ai compris que les femmes sont tout sauf faibles ! » Puis il ajouta avec une douceur soudaine : « Et maintenant, que vas-tu faire, Shanghaï Lil ?

— Je vais continuer à enseigner, à vivre avec ma famille, murmura-t-elle en baissant les yeux. Avec Ling... mon mari... C'est un homme merveilleux, je...

— N'en dis pas plus. » Corto lui effleura les cheveux.

Ils n'avaient jamais été aussi proches et ne le seraient jamais plus.

« Et toi, où iras-tu ? demanda Shanghaï Lil.

— Je ne sais pas. Vraiment pas. » Corto ajouta : « Adieu. » Et il s'éloigna.

Les papillons continuèrent de voler dans le vert de cette journée lumineuse chargée des parfums d'avril. Shanghaï Lil resta longtemps immobile, les bras croisés, le regard fixé droit devant elle.

Note

Attendu que personne n'a fait allusion à la fin d'Ungern, je suis forcé de prendre la parole pour raconter le peu que je sais.

Ungern n'a réussi à entrer victorieux dans Urga avec sa division que dans les premiers mois de 1921 après un très long siège.

Il a été le dernier général blanc à être capturé, trahi dit-on par l'un de ses propres hommes, le chef d'une bande mongole d'origine kalmouk, un certain Dscha Lama qui l'a livré à une patrouille bolchevique. À l'aube du 17 septembre 1921, il a été fusillé à Novosibirsk sans jugement ni cérémonies.

Il pleuvait à verse dans cette cour sordide. Les témoins ont rapporté que lorsque les balles lui ont transpercé le cœur ses yeux clairs ont lancé la même lueur froide que le regard d'un loup.

De nombreuses légendes ont bientôt fleuri à son sujet. L'une d'elles racontait que si l'on se rendait sur sa tombe et si on l'appelait, le baron répondrait. J'y suis allé une belle journée d'automne quand le bois où il était enterré était tout rouge et or.

Je l'ai appelé, mais il n'a pas répondu.

CORTO MALTESE

DU MÊME AUTEUR

Aux Éditions Denoël

CORTO MALTESE (Folio n° 3032)
COUR DES MYSTÈRES

Composition Interligne.
Impression Société Nouvelle Firmin-Didot
à Mesnil-sur-l'Estrée le 4 février 1999.
Dépôt légal : février 1999.
Numéro d'imprimeur : 45850.

ISBN 2-07-040724-1/Imprimé en France.

88598